鎮守様の森で

竹川新樹

Takekawa Araki

文芸社

これは『追憶』である――

鎮守様の森で ――◇目次

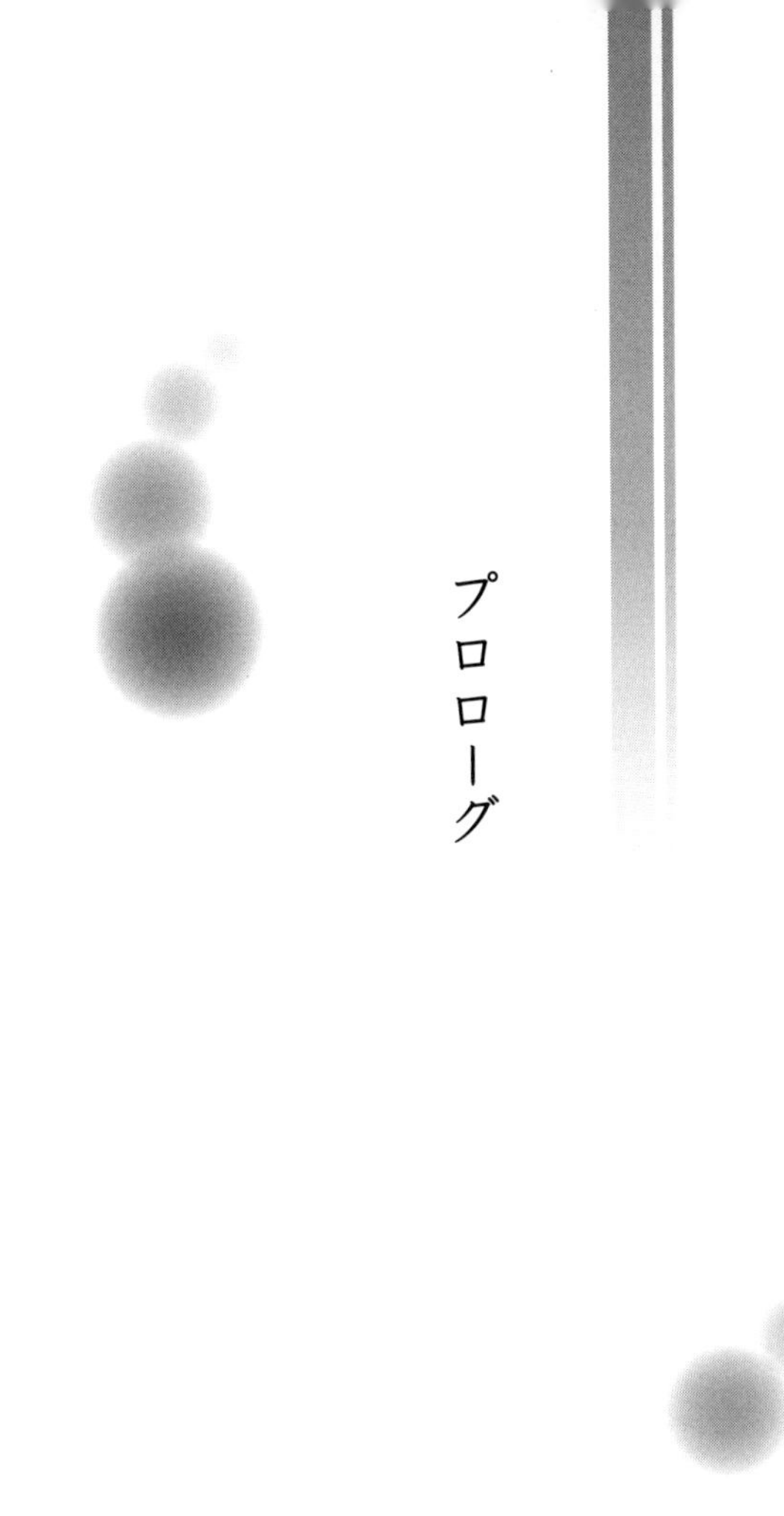

プロローグ

今さら『追憶』などないと、強気に頑張っていた市村昭大（しょうだい）は、近頃夢の中で、また、友人との付き合いで、今まで忘れていた出来事が思い出されてくる。そのたび、これが『追憶』というものなのだろうか、と考えてしまうことがある。

『追憶』という言葉を調べてみると、「追」という語に意味があるようだ。読み方は「おう」「おって」、意味は「みがく」「釣鐘のかけひも」という。また、「憶」の読みは「おもう」「おぼえる」、意味は「心に思って忘れない」とある。

つまり『追憶』とは、「過ぎ去ったことを、思いしのぶ」ということだと改めて昭大は知った。

＊

さわやかな十月――。

秋空の下で催されている運動会の、活気ある子どもたちの声が聞こえてくる。秋の日射しを浴びて、力いっぱい走り、思い切り声を上げて応援している子どもたちの様子が辺りいっぱいに広がってくる。

そんな声に後押しされたように、心と体を鍛えようとたくさんの人たちが、ジョギングやウォーキングに励んでいる姿が通りのあちこちで見られる。

昭大もその一人で、雨が降らなければ体いっぱいに日を浴びて、一時間くらいの予定でウォーキングに精を出している。

商店街を抜けると、舗装された道が線路に並行して続いているところに出る。山手線と京浜東北線、それに貨物列車が走っている広い線路の敷地で、新幹線が走っているのを見られる。この舗装された道には時々車も通るのだが、一方通行なので安心して運動をしていられる。山手線の走っている向こうは小さな林に見える斜面になっている。その木々の下には、季節折々に花が咲いて、道行く人たちの目を楽しませてくれる。

運動会の子どもたちの歓声に、昭大ははりきって歩きだした。

暫くすると、昭大の前に、年配の男性が少し足を引きずるように歩いている姿が見えた。この男性も運動会の子どもたちの声に後押しされて、足腰を鍛えようと頑張っているのか、と思ったが、突然その男性が前のめりに倒れた。暫く起き上がろうともがいていたが、力が抜けたように動かなくなった。

昭大は慌てて駆け寄った。老人はどこか打ったのかじっとしている。いつもは何人もの人たちが行き交っているのに、今はこの道路に二人だけだった。しかし昭大は今、携帯電話を持っていなかった。倒れている男性も携帯を持っていないようだ。

このままにして電話を借りに近くの家まで行くしかないかと思った時、自転車に乗った買い物帰りの婦人が通りかかった。昭大は婦人を呼びとめ、事情を話し、電話をしてもらった。その婦人が、携帯電話を持っていたのが幸いだった。

救急車がすぐに駆けつけて、倒れている男性に声をかけ、連絡先を聞いたり、応急処置をしたりすると、病院に運ばれた。後で聞いたところによると、膝を強く打ち、一度起き上がったが、力が入らずに顔面から道路にぶち当たったとのこと。暫くは病院通いが続いたけれど、大事にならず軽傷で済んだとのことだ。

*

ウォーキングコースでのこの出来事があってから、昭大には不思議な出来事が続くようになった。

昭大は、誰かに揺り動かされているように感じて目が覚めた。まだ夜明けには間があるようで辺りは暗い。うっすらと目を開けてみた。そして「何?」と言いながら辺りを見回した。「母さん、何?」と問いかけ、起こされたついでにトイレに行った。辺りはしんと静まりかえっている。

昭大の母は、もう五年も前に亡くなっているのだが、時々今もって母がここにいるという気配を感じる時があった。今夜の気配は今までよりも強く感じた。一人暮らしをしている昭大を心配しているのだろうか。

母と子との絆が強すぎるのを嫌って、早く独立したいという気持ちが大きかった昭大は、親子で過ごした家から東京に住まいを移していた。

「母さん、何か用事があったのかな……」

そんなことを考えているうちに、いつの間にか再び寝込んでいた。

そして朝六時、昭大はゆっくりと起きようと思っていたのだが目覚めてしまい、ベッドの中で昨夜のことを思い返してみた。本当に母がいるのだろうか、それともまさか誰か家に入ってきたのか、急に心配になってきた。昭大は急いで起きた。

いつも疎かにしている仏壇の掃除をして、お水やお線香を供え、仏壇の前に座り念仏を唱えた。念仏を唱えているうちに、夜中に侵入した怪しい者などいないと確信した。

　昭大は父と母の位牌に話しかけた。

「お父さん、お母さん。何かわたしに言いたいことがあるのですか」

　じっと仏壇の奥に並んでいる位牌を見た。父の位牌も母の位牌も、じっと昭大を見ているようだ。そのうちに線香の煙が仏壇の中に充満して、二人の位牌が見えなくなってきた。

　その時、突然、昭大は母が言いたかったことをわかったような気がしてきた。それは母が亡くなる前、しきりに言っていた「石の鳥居」のことである。

「石の鳥居をくぐって、長い石段を上って……」

　昭大は、どこの鳥居を言っているのだろうと思ったが、その時は今まで母の行ったことのある神社や仏閣を思い出しているだけだろうと、あまり気に掛けなかった。

　母は元気にしていた時、よく近所の人たちや友人と旅行に出かけていた。日光の東照宮を参拝して塩原温泉に行ってきたとか、熱海温泉に行って寛一お宮の松を見て、帰りに鎌倉まで足をのばし、八幡様や大仏様を拝観してきたとか、広島の安芸の宮島にまで行って火祭りも見てきたようだ。当時、旅行で楽しかったことを、母は昭大にうれしそうに話してくれた。また、そんな旅の友だちと、近くでは明治神宮、浅草の浅草寺にも度々お参りに行っていたようだ。

でも、大きな石の鳥居をくぐると、すぐに長い石段という風景は、そんな旅の思い出とは少し違っている。

（これも母の『追憶』の一つなのか――）

＊

昭大はそれからも、度々母に起こされたと感じることがあった。

（『石の鳥居と長い石段』とは、どこにあるのか……）

母のためにもどこなのか探したいと、真剣に考えるようになっていた。

「大きな石の鳥居と長い石段」

これは母の人生の中で、心に刻まれている一つの場面なのだろう。そして、今になって母が昭大にそれを強く知らせたいということは、昭大にも『追憶』として残っていることなのだろう。

（早く思い出して『石の鳥居と長い石段』のある所へ、母の想いを届けたい。たぶん神社だと思うのだが……）

珍しく埼玉に住んでいる弟の直次（なおつぐ）が、昭大の所へやって来た。

「兄さん、変わったことはない？」

弟は仏壇に手を合わせ、リビングに落ち着くと昭大に言ってきた。

「別に変わったことはないけれど……母さんがまだこの家にいるような気がする」

「なぜ、そう思うのだい？」

「時々、夜中に起こされるのだよ」

「誰にだい？」

「……わからない、でも、母さんが亡くなってから、この家は自分一人だ。誰もいないのに揺り起こされ、初めは怖かったよ」

「それが母さんだと言うのかい？」

「他に誰がいる。もしくは泥棒にでも入られたのかな」

「それで、母さんがどうしたの？」

「うん……直次には『追憶』として残っているものがあるかい？」

「『追憶』？　なんだい、それ？」

「母さんが亡くなる前に『石の鳥居と長い石段』としきりに言っていたのだよ。母さんは友だちやご近所さんと、あちこちの神社やお寺に行っていた。きっとその中のどれかを言っているのだろうと思っていたんだが……」

「兄さん、母さんが亡くなって何年になる?」

「五年だね。直次は墓参りに行っているかい?」

「春秋の彼岸には行けないこともあるけれど、命日には行っているよ」

「母さんの言っていた『石の鳥居と長い石段』で、何か思い出したら知らせてくれよ」

直次が帰って、その夜は昭大はいつもより早めにベッドに入った。暗い部屋の中で、久しぶりに訪ねてきた直次のことを考えていた。

(直次は何か思い出してくれるだろうか――)


夜中にいつもと違った感覚で揺り起こされた。

「母さん、どうしたの!?」

それは母の揺り起こしではなく、本物の地震だった。昭大はベッドから飛び起き、仏壇のある隣の部屋に行った。父母の位牌は無事だった。地震は小規模だったようで、すぐに収まった。そして静けさが昭大を包んだ。ほっとした昭大はベッドに戻って眠りに入った。

つかの間の眠りだったが、その夢の中に大きな波が打ち寄せる広い海が見えた。それがうねりとなって、いつしか昭大をのみ込んでいた。昭大は波にのみ込まれているのに、息苦しさも感じず、反対に心地よさを感じていた。

昭大の父は、母と二人の子どもを残して黄泉へ旅立った。昭大が小学校に入学した年の十月のことだった。この時から母子三人の生活が始まったのだ。数え年三歳の弟は無論のこと、昭大も父の死は理解できていなかった。今までいた父がなぜ、夜になっても顔を見せないのだろうと不思議に思っているだけだった。

夢の中で見た、大きな波の打ち寄せる広い海――。

子どもの頃、父の年会などで、親戚や父の友人から父の思い出を聞いても、昭大には理解できないところが多々あった。その中で一つだけ、そんなことがあったかも知れないということがある。それは、昭大が来年一年生になるということで、幼稚園の夏休み、父が親戚の人たちを誘って、茨城の海に海水浴に行った時とのこと。だが、昭大には、はっきりとした記憶がないのだ。

父が亡くなって四十年近くなる今、つかの間に見た夢が、父の『追憶』として大きなものなのだ。

（この父の『追憶』には何か知らせたい、やってほしいことがあるのか）

昭大は過ぎ去ったことを捨て去るのではなく、自分の歴史として大切にすることだと思った。

＊

晩秋を迎え、テレビでは旅番組が目につくようになってきた。昭大は暇を見つけては意識して、そのような番組を見ることにした。母の言っていた「石の鳥居と長い石段」は見当たらない。広い日本の中、まだまだテレビで放送されていない所があるのだろう。

（少しの人しか知らない地方の神社へ、母が行ったとは思えない。母の今までの生活の中にあるはずだ。早く見つけて母の想いを達してあげたい。母はきっとその場所に、子ども時代の思い出か、父省吾との楽しかった生活の思い出か、何かがあるのだろう）

一　福寿草

花田清吾教授が三日後に行われる「植物を探る会」のための資料をパソコンで打っていると、携帯電話が机の上で鳴った。作業をやめ、それを取り上げた。

「もしもし……はあ、そうです。今ちょうど今度の例会資料を作っているところです。集合場所は……ああ、そうです。時間は午前九時十分です」

花田は、新しい会員が参加することで、いつもより明るい声で受け答えをしていた。電話を終えるとすぐに中断していた資料を作り上げ、例会に出かけるための準備をした。新しい会員が何人集まってくれるだろうと楽しみだった。


会のある朝、花田は少し早めに駅に向かった。もうすでに同志が、「植物を探る会」と書かれたのぼり旗を持って待っていた。旗の前には軽装の参加者が二十名ほど集まっている。

「おはようございます。晴れてよかったですね」

旗の下に集まった人たちから「おはようございます」と挨拶が返される。

旗の下に立った花田の所に、新顔の女性が近づいてきた。

「昨日、厚かましくお電話させていただきました松本でございます」

「あ、これは……よくいらっしゃいました」

花田はびっくりして目を見張った。なぜなのか、自分でも不思議な感覚だった。美代子は長袖のブラウスにスラックス、帽子を被っている。

「会費を――」

美代子はカバンから封筒を出して花田に差し出した。花田は「どうも」と受け取り、当たり前のように傍らにいた昭大に渡した。昭大は用意してある領収書を美代子に渡した。

美代子は用事が済むと、友だちの所へ踵を返した。花田はその姿を目で追いながら、封筒の裏を返した。裏には美代子の住所が書いてあった。

「さあ、〈植物を探る会〉の皆さん。これから出かけますよ。今日の資料をお渡しします」

旗の下に集まっていた会員が、昭大から今日の資料を受け取っていく。

「さあ、電車が来ました。乗り遅れないように――」

会員たちは、子どもたちの遠足のように、賑やかに電車に乗り込んだ。

人々はおしゃべりをしながら山道を登り、ノートを取ったりした。

今回の講師を引き受けた坂口義明は、時々立ち止まり、珍しい植物を見かけると、会員を集めて説明をしている。坂口は芒の根元を指しながら、

「これが、ナンバンギセルです」

それは、淡い紫色の煙管に似た花をつけた草で、参加者はそこに集まり、じっくりと観察をした。

「まあ、面白い形」

「これが……」

「あら、これがナンバンギセル」

美代子が声を上げた。そんな美代子を花田はなぜだかじっと見ている。

ナンバンギセルは芒につく寄生植物で、古くから親しまれてきた秋の植物だ。近頃芒が減少しているので滅多に見られないという。園芸品種もあるという。

この「植物を探る会」は、教授の花田を中心として、友人の坂口教授に、花田の教室で助手をしている市村昭大と中村浩の四人が加わり発足した会だ。

夜、今回の月例会も無事に終わり、花田の部屋に集まった四人は、参会者が書いたレポー

トを読み合っていた。

「このレポートは、相当詳しく書けているぞ」

と花田は一つのレポートを取り上げた。

「誰のだい？」

レポートを三人の前に出して、

「松本さんのだよ。ここ、草原の所でミツバグサのことが書いてあるだろう」

「素人には区別は無理だろう。たしか茎や葉に短毛があるかないかの違いだろう」

「でも、そこがきちんと話を聞いて理解しているのだ」

そのレポートを坂口は受け取って、ざっとだが目を通し、

「頼もしい人が会員になってくれたね。ミツバグサよりもナンバンギセルのレポートがいい。きっと煙管で煙草を嗜む人が近くにいたんだな」

「楽しみができたな。あんな綺麗な人と、これからの山歩きが一緒だとは」

昭大は、三人の視線が自分に集まっていることに気付き、顔を赤らめた。

「いや、お互いに勉強になると思いましてね」

昭大は慌てて、コーヒーを飲んでごまかした。

「若いっていいね」

いつも和やかな会なのだが、ここで一気にそれが増したようだ。四人は大笑いをした。

花田は美代子を一目見た時からなぜか気に入り、こんな人が息子の伴侶になってくれたら、と心秘かに考えていた。だが、思わぬ伏兵がいたのだった。

昭大は、美代子が参加する二回目の会が待ち遠しかった。

そして、それは初冬の冬晴れが続いた日曜日に行われた。今回は少し小高い山が選ばれた。

山歩きに相応しい装いをした美代子は、しっかりとした足取りでグループの先頭を歩いて行く。その後を昭大はついて行った。

小高いといっても山だ。山あり谷ありの険しい道を、会員たちは汗を流して歩いた。美代子が歩くのに困難な所は、昭大が手を貸した。美代子は恥ずかしそうに手を出して助けてもらう。そんな様子を見た花田は少し残念に思ったが、まだ何か決まったわけではない、と一人首を振った。他の参加者もお互いに助け合って、山道を歩いている。

今日の講師はその花田である。少し開けた山の中腹で一休みということになり、

「皆さん、何か見つけましたか？　もうすぐ冬が来るので野草も枯れてきてはいますが、あ、これが『キツネノマゴ』という草です。堤防や低い山など、どこにでも生えている草です。秋になると毛虫を連想させる穂が出てきて、その先に赤紫の花が出ます。ほら、花が見えるでしょう」

「その草、河川敷に行った時よく見るわ」

「そんななんでもない雑草でも、時期が来ると花が咲くのですね」

「あっ、ここにあるのは『ノハラアザミ』です。これは『カヤツリグサ』。それに長い穂が出ている『イガホビュ』です。トゲトゲが見えるでしょう」

坂口が口を添えた。

「この時期になると、野や山の草も少なくなりますが樹木はどうですか？」

「赤い実のなっている『イチイ』が目をひきます」

「ここの林にはイチイの樹の他に、まだ青いイガの栗や小さな実のついた柿。きっと初冬にでもなればそれらは、野鳥がついばみにきますよ。皆さん、疲れたでしょう。そろそろ帰りましょうか」

この時、美代子が、

「花田先生、この山には福寿草がありますか？」

と聞いてきた。今まで一緒にいた昭大は、美代子がそう言った時、ちょっと意外に感じた。

「福寿草――そうだね、日本の山地に自生し、早春に開花します。お正月の飾りに用いるのは栽培されたものです。別名を元日草と言います」

思い思いに野草や木の実など見ていた人たちが、花田の周りに集まり、福寿草の話を聞いている。

「花は二、三センチくらいの、光沢ある黄金色の花弁です。一重咲き、八重咲きがあって、日光に当たると美しく開花しますよ」

「それで、この近くに、福寿草の自生している所があるのですか？」

「もしあったら、鉢植えにしたいね」

「そうね。そして部屋に飾りたいね」

「先生、その自生の福寿草があったら……わたしたちでも栽培することができるのですか？」

坂口がそれについて答えた。

「水はけをよくして、冬は寒風を避けて暖かい所で。夏は強い日差しを避けるように――」

ここまでくると、昭大も黙っていられなくなって、

「初夏には、葉や茎が枯れたようになって休眠します」

それにつられたように中村も、

「でもそれは、来年の花芽が作られるのです」

花田は三人の話を受けて、

「だから、株を大きくさせることが必要です。花が咲き終わった後芽が出始めた時に、肥料を与えることが大切です」

この話が一段落すると、坂口が「今日の会を終わりにします」と会員に告げた。会員たちはそれぞれに登ってきた山道を、友だち同士連れだって下って行った。

美代子は中村の後を追って、何事か話しかけながら山を下って行った。昭大はちょっと寂しかったが、気にしないようにして他の会員たちと山を下った。

＊

「植物を探る会」があって五日過ぎた。花田は学生たちの講義のため、資料作りをしてい

た。資料も九分ほどまとまった時、電話が掛かってきた。携帯電話を取り上げ、

「もしもし、花田です。ああ、松本さん、先日はお疲れ様でした。福寿草ですか？　ええ、見事な群生でした。でも、誰から聞いたのですか？　中村くんからですか？」

美代子の電話に、花田の口はだんだん重くなり、早く電話を切りたいと思った。

先日の「植物を探る会」の後、花田は昭大と中村を誘って、福寿草が群生している心当たりの場所へ行ってみた。福寿草の群生地では、かわいらしいふっくりとした芽が、地面に見えていた。

この群生地は守っていかなくては――。みだりに人に教えて失くしてしまっては――。

花田は昭大や中村に、誰にも教えないように口止めをした。

「先生、誰から電話ですか？　福寿草という話が聞こえましたので――中村くんですか？」

長い電話が終わると、資料作りの手伝いに来ていた昭大は、少し不機嫌な花田に尋ねた。盗み聞きをしたわけではないが、福寿草をどうするのか興味があった。

「いやはや――」

美代子は福寿草によほど思い入れがあるようで、どうにも我慢ができなかった。

「中村さんから聞きました。先生、厚かましいお願いですけれど、その場所をお教え願えないでしょうか。わたし、福寿草がとても好きなのです」

しかし、電話で花田には、

「場所を……場所といっても、地図で書いたくらいではわからないと思いますよ」

と返されてしまった。

「それでは先生、来週の日曜日、ご案内願えませんか。車はわたしが運転します」

花田の声がくぐもった。

「来週は……出かける予定になっていますので――」

「では再来週の日曜日。どうしても福寿草がほしいのです。――あ、はい、そうですか……どうも勝手を申しまして……その折に――。失礼いたしました」

力なく電話を終えた美代子は、すぐにポケットから手紙をとり出した。中村からの手紙だ。携帯電話の番号が書かれていた。美代子は花田と再来週の日曜日と約束をしたが、どうにも待ちきれない。そこで中村を誘って福寿草の群生地に出かけることにした。

車は里山を越えて郊外の公園に来た。二人は公園を抜けて、後ろの林に入って行った。

美代子は中村の後を追って木々の間を歩いた。

中村がここだという場所に来て、二人は唖然とそこに立ち尽くしてしまった。福寿草の芽はあらかた掘り取られていた。

「美代子さん……」

美代子は首を振って歩き出した。中村も呆然としたまま美代子に従った。

中村は、美代子にうるさく言われて、花田がここの福寿草を掘り返して持っていってしまったのではないかとちらっと思ったが、「ここの福寿草の芽をそっとしておこう」と、群生を見つけた時、花田が言ったのに、そんなことは絶対にないと思い直した。でも、中村には、先生に内緒で美代子に福寿草の群生地を教えてしまったという負い目がある。

（福寿草の群生地が荒らされているのを、先生は知っているのだろうか。美代子と来たことを隠して、報告するべきなのだろうか）

美代子の後を追っていた中村は、公園の出口で一台の車が走り去るのを見た。美代子が、

「あっ！」

「どうしたの？」

「今、走っていった車を見たわ。車の中に主人の姿を見たように思ったの」

中村はどういうことなのか、わけがわからなかった。

「主人って……美代子さんは独身ではなかったのですか」

＊

花田の研究室に坂口教授が訪ねてきた。受付で花田の在室を聞くと、迎えも待たずに部屋に来た。

「ああ、いらっしゃい。ちょうどお茶にしようとしたところだ。市村くん、お茶を入れて――」

「坂口先生、こんにちは」

昭大は坂口に挨拶をして、お茶の用意を始めた。

「中村くんの姿が見えないけれど、休みかな」

「はい。中村はここのところ休んでいます。体の調子がよくないので二、三日休ませてほしいと連絡がありました」

「市村くん一人では大変だね。無理をしないように――」

「はい、無理はしていません。先生と同じように学生が書いたレポートを読むのが楽しいです」

「市村、お茶は――」

「はい、ただいま。――用意できました。この茶うけは坂口先生のおもたせです」

「どうも、ご馳走様です」

「ところで、福寿草の芽の群生を見つけたのだって？　大きく育ててお正月に飾りたいものだね」

「それで、松本さんには困りました。わたしが福寿草の群生地を見つけたというのを中村くんから聞いて、場所を教えろと言うのですよ。わたしが渋っていると車を用意するから、その場所まで連れて行けと言う――。困りました」

「松本さんは、どうして福寿草にこだわっているのかね」

「市村くん、福寿草ってどんな植物だか調べたかい」

昭大は、花田と福寿草の芽の群生を見つけた時から今までに調べたことを披露した。

「福寿草は新春早々に黄金色の花を咲かせることから『元日草』とも言われています。種はキンポウゲ科のアドニス属の多年草で、アジアからヨーロッパにかけて分布をしています」

「アドニスというのは、ギリシャ神話に出てくる美の女神アフロディテに愛された美青年だろう」

「そうです。その他、アイヌの伝説にも出てきます。クノンという美しい女神が父のために福寿草に変えられてしまったそうです。洋の東西を問わず、美男美女に見立てられています」

「それで松本さんは福寿草に憧れを持っているのかね」

「福寿草は——」

昭大は福寿草の生育過程も調べていた。それを話そうと口を開いたところに、突然ドアが開いて、中村が駆け込んできた。

「先生、大変なことが起きました！」

中村は、坂口の座っていたソファの横に倒れこむように腰を下ろした。三人は中村の様子を暫く見ていた。

「中村くん、どうした？」

花田は中村の肩に手を置いた。中村はよほどのことがあったのか、肩で息をしている。そしてとぎれとぎれに話し出した。

「松本さん……美代子さんのご主人が亡くなったそうです」

花田は中村の肩から手を放し、顔を覗き込んだ。

「中村くん、落ち着いて……松本さんは独身だろう」

「松本美代子さんにはご主人がいたのです。そのご主人が――」

花田は、美代子に初めて逢った時、息子の伴侶に迎えようとまで思ったのだが、美代子が既婚者であったとは――。

「亡くなったって……交通事故？　病気？」

と、坂口も中村を覗き込んで聞いてきた。

「いいえ、死因は食あたりだそうです」

「食あたり？」

「それも植物だそうです」

花田は中村の所から離れ、自分の机の方に歩きながら独り言のように呟いた。

「福寿草と何か関係があるのだろうか……いや、福寿草ではない、他のものだ」

美代子はきっと植物に詳しい。福寿草と言いながら、毒を持っている野草を探していたのかも知れない。

例えば、七草粥に入れる若菜の中で、用心をしなくてはいけないものに、セリがある。食用のセリと毒のセリがあるのだ。低い山や丘のどの湿地にも生える多年生草本で、食用になるセリよりも大きくて、よく見ると葉が食用のセリよりも細長い。根を山葵と間違えて、中毒を起こした人が意外と多いという。早春に毒性が強くなる。

美代子の夫は、美代子の摘んできた毒のセリを、粥に入れたか茹菜で食べたのかも知れない。

二　遺品

父が亡くなって、母と子どもの三人の生活が始まった。昭大と直次は母の涙ぐましい努力で、何不自由なく幼年期から青年期を迎え、学生生活も楽しく送ることができた。弟の直次は、高校を卒業するとすぐに就職して、職場で知り合った村井尚子とお互いに好意をもち、結婚をし、埼玉県に住まいを定めた。

以後、昭大は母と二人暮らしが続いた。

昭大は大学を卒業すると、大学の師である花田から声がかかり、助手として大学に勤めることになった。初めの頃は、実家から通勤していたが、夜遅くまで教室にいたり、朝が早かったりすることがあるので、母と相談して自分だけ住まいを大学の近くに移した。母にすれば、父との思い出がある家から転居するなど考えもしないことであった。

しかし、その母も一人暮らしを心配する親戚により、昭大の下へ来ることになり、二人はまた一緒に暮らし始めた。そして母亡き後、今の住まいに移った昭大だが、転居して四年も経つのに、大きな荷物は片付けたものの、ダンボールに積めた小物はいまだに整理できないでいる。休日を見つけては整理をしているが、なかなか片付かないでいる。

今日も、荷物を片付けようと一つのダンボールを開いた。中に入っている、あるものに目を引かれた。それは母が生前、大切にしていた文箱だった。昭大は無意識のうちに、この文箱をダンボールに入れていたのだ。きっと母が祖母から引き継いだ文箱に違いない。母は大切にして、仏壇の横に置いていた。昭大も直次もいつも仏壇の横にあるものと、いつしか気にすることもなく、中に何が入っているのかも聞いていない。

(きっと母が父に持つ『追憶』の一つだったのだろう)

昭大は初めて母の文箱を開けてみた。中には銘仙の小切れと手帳が入っていた。その銘仙は、父が仕事として型紙を彫った時の、記念としての布切れのようだ。そして手帳、昭大もこの手帳を手にした時、懐かしさが心に入り込んできたようだった。

父の名は市村省吾という。手帳の表紙には「市村よ志き詩集」とペンで書かれていた。期待に胸を弾ませて表紙を開けた。だが、第一ページ目には短歌が一首書かれていただけだった。たぶん父は、「よ志き」の名で創作活動を始めようとしたが、思うに任せない事情があったのだろう。

ことさらに　声高らかに　はなやけど
心は亦も　寂しさを呼ぶ
　　　　　　　　　　　　よ志き

一ページ目の白い紙面に、この一首が書かれていた。昭大はもう一度読み返してみた。この短歌は父のいつ頃の気持ちなのであろう。

「こんにちは」

その時、暫くぶりに弟夫婦が訪ねてきた。勝手知った家なので、声掛けしただけでリビングに入ってきた。ダンボールから荷物のこぼれているのを見て、

「ああ、お忙しいところを無遠慮にすみません。お邪魔します。荷物の整理ですか、大変ですね」

直次の連れ合い尚子は、ずかずかと上がり込んだ失礼さを恥じて、顔を赤らめもう一度挨拶をした。

昭大は手にしていた文箱を直次に手渡した。

「直次、これ覚えているかい?」

「あっ、まだ残っていたんだ」

「直次はこの中を見たことがあるのか?」

「うん、あるよ。——母さんが大事にしていた文箱だ。母さんがあまり大事にしているものだから、触らないようにしていたけれど、俺は箱の中を見たことがあるよ」

「では、この中に何が入っているか知っているのか」

「ああ、知っているよ。『市村よ志き』の手帳が入っていた」

「で、手帳の中は見たのかい？」

「そこまでは見ていないよ」

昭大は直次から文箱を受け取り、中から手帳を取り出した。そして手帳を直次に見せた。

「『よ志き詩集』？　『よ志き』って誰だい？　お母さんの恋人かな」

「あなた、何を言っているの」

尚子は直次をいさめた。昭大は手帳を尚子に渡して、

「この『よ志き』というのは父さんのペンネームだよ。父はこの名前がとても気に入っていたようだよ」

尚子は手帳を開き、一ページ目の短歌に目を通した。そして声を出して読み出した。

　ことさらに　声高らかに　はなやけど
　心は亦も　寂しさを呼ぶ

昭大は、二人のためにお茶の用意を始めた。

「あ、お義兄さん、気が付かず、ごめんなさい」

尚子は昭大から茶器を受け取り、手際よくお茶を入れた。

「お義兄さん、この短歌、わたしにはよく理解できないのよ」

尚子は首を傾けながら口の中で反芻している。

「どこが、わからないの」

昭大は尚子からノートを受け取って、短歌を見た。

「尚子、どこが理解できないの。少しも難しい言葉は使っていないだろう」

「そうね。言葉遣いは現代と同じで難しくないのだけれど、『声高らかに』発しているのは誰なの。『心が寂しく』なったのは誰だろう。自分の心の中を表現したとしたら、どんな場面の短歌なのだろう」

直次は、また尚子の詮索が始まったと、難しいことを言い出した尚子に牽制をした。

「尚子は文学の勉強をしたから、難しいことを言うのだ」

昭大は尚子の言っていることを聞き、ゆっくり父の創作した短歌を読み取ってみようと思った。

「兄さん、兄さんはそのまま独身生活を通すつもり?」

急に話題を変えて直次が、昭大の痛いところをついてきた。

「そんなことはないけれど、チャンスがなくて……」

「お義兄さん、わたし、後で紹介したい人がいるの。とても素晴らしい人よ」

「ああ、尚子の友だちだね。兄さんが気に入ればいいのだけれど――。兄さん、お昼を外で食べよう。ろくなもの、食べていないだろうから」

「お義兄さん、今日はお昼のランチをご一緒しようと伺ったのよ」

「そうだね。一人で食事するよりは、会話をしながらの方が楽しいし、おいしいね」

結局、昭大はダンボールの荷が片付かないまま、直次、尚子と街へ出た。そして思い思いの食事を注文し、三人の会話も弾み、楽しい一時を過ごした。


昭大は名残惜しい気持ちを秘めて、二人を駅まで送った。家に帰っても、荷物の片付けをする気が起こらず、また、そのままになってしまった。父のノートが見付かったことが、今日の大きな収穫だった。

夕食を簡単に済ませ、十時に床に入った。義妹の言っていた紹介する人とは、どんな人なのだろうとちょっと気になった。「植物を探る会」の松本美代子に、少なからず好意を持ったが、中村と親しそうにしていたし、何より既婚者ではどうにもならなかった。尚子が紹介してくれる女性が、昭大の待ち続けている人であってほしい。寝つきのよい昭大はすぐに夢路に入った。

大きな波が打ち寄せる海辺。いつの間にか昭大は、大きな波に抱かれていた。大きな波のうねりの中で、父の声を聞いた。

「お父さんの創作した作品を読んでくれたのだね、ありがとう。――尚子(あのこ)は言葉にこだわりすぎて、本当のことを理解していない。昭大よく読み返しておくれ、そして本当の気持ちをわかってほしい」

翌日、昭大は父の創作ノートをカバンに入れて出勤した。通勤の列車の中でも、夢で聞いた父の声を反芻していた。

「ことさらに」とは何が「ことさら」なのだろう。「声高らかに」は何の声なのか。「寂しさを呼ぶ」――なぜ、高らかな声が寂しさを呼ぶのか。こんなことを繰り返し考えているうちに、どうして息子が父の創作作品を分析などできようか、父に申し訳ないという気持ちが大きくなってきた。

ことさらに　声高らかに　はなやけど
心は亦も　寂しさを呼ぶ　　　　よ志き

たぶんこれは、父が母に対して持っていた、恋心なのではないか。母に対し、できる限りの誠意を示しても、まだまだ足りないという気持ちを短歌にして、わかる人にはわかるし、デリカシーの欠けている人にはただの短歌と思ってもらっていい、と考えたのではないだろうか。昭大は、文箱から父のノートを見付けてから、何となく重く感じていたが、父の青春を垣間見た気持ちになってきた。

勤務を終え家に帰り、就寝前のひと時を、テレビを見ながら、父の創作ノートを文箱に収めようと、もう一度ノート一枚一枚めくっていったら、終わりのページに意外なものがあった。「秋時雨」という題のついた詩が、イラスト入りで書かれていた。

秋時雨

想うおかたのつれない胸に
　淋しくいつもいた落ち葉の下で
　今日もこおろぎ泣いてます

やるせ涙にむせんでぬれて
　垣のコスモスうなだれりゃ
　可愛い小菊も泣いてます

小枝ゆすって寒風が吹いて
　くらいわたしの胸の中に
　今日も時雨が降ってます

歌謡曲の歌詞を書いたのかも知れない。父の創作ノートにはこの短歌と詩しか載っていなかったが、たぶん原稿用紙に書いた作品があったろうと推察される。

昭大は次の休日にも、父や母の「追憶」に関わる品が気が付かないうちにしまい込まれていないかと、注意を払って片付けていった。残念なことに見付からなかった。ここのところ母の夜中の訪れはない。

*

新芽の芽吹く春――。

「植物を探る会」が開かれた。集合場所に三々五々会員が集まってきた。松本美代子の姿は見えなかった。当然のことだろう。

「植物を探る会」の旗を持った昭大の所に、二人の女性が近づいてきた。一人は義妹の尚子である。

「お義兄さん、おはようございます」

連れの女性も「おはようございます」と挨拶をした。昭大も「おはようございます」と挨拶をした。

「先日はお邪魔しました。お義父さんの遺品見せていただき、帰りの電車の中でうちの人と、駅に着くまで会話が弾みました。楽しかったです。――あ、こちら今日初めて参加させていただく、内田千津さんです」

「内田千津です。尚子さんに誘われて参加しました。よろしくお願いいたします」

「よくお出でくださいました。花田先生、こちら初めての参加者です」

「この会の主催、花田です。よくお出でくださいました。きっと楽しい発見がありますよ」

「先生、そろそろ出かけましょうか。皆さん、お集まりください、出発しますよ。今日はお知らせしたとおり、荒川の堤方面に行きます」

ぞろぞろとバスに乗り込んだ。荒川土手までバスでの移動だ。中村も元気に会員の世話をしている。美代子とのことはきっぱりと決着をつけたらしい。

バスを降りた会員たちは、荒川の土手を歩き出した。川の水面は春の日を浴びて、きらきらと輝いている。

「河川敷に下りたら、春の七草を探してください」

と、昭大はみんなに告げた。

「春の七草って、どんなものがありましたか?」

花田が問いかけると、皆が一斉に、

「セリ、ナズナ、ゴギョウ、ハコベラ、ホトケノザ、スズナ、スズシロ、これが七草です」

と答えてきた。

「そうです。皆さん、よく知っていますね。では、その草を探しましょう」

花田がそう言った途端、皆は下を向いてしまった。それはそうだ。今日はその七草を、見分けることができるようになるために参加したのだ。

「ある和歌集に収められているのですが、『せり　なずな　ごぎょう　はこべら　ほとけのざ　すずな　すずしろ　これぞななくさ』と、五七五七七の和歌の形に整えたものがあります。雄略天皇の御世、五世紀後半の頃から、若菜摘みが行われていたのがわかります。中国からは正月の七日の朝、七日粥、つまり、七種類の青菜を入れて一緒に食べるという風習が伝わりました。秋の時にも、秋の七草が話題になりましたが、秋は花の種が多かったですね」

会員たちは、名前だけ知っている草を探そうと、芽吹いてきた草の中を注意深く見た。

「皆さんは万葉集の中に、若菜摘みや春菜摘みの歌が載っているのを知っていますよね。春の行事だったのですね」

そんな話を加えながら、皆で七草を探していると、一人の会員が、

「あっ、この草、見たことがある」

「これは、フキノトウです。こっちにあるのはヨメナです。この二つは七草の中に入っていないけれど、でも春の若菜ですね」

黙々と下を見て、青草を探していた坂口が立ち止まると、

「皆さん、この春の七草の中には、自然ではなく栽培されて、八百屋さんで販売されているものがあるのですよ。さて、何でしょう?」

会員たちは口々に思った若菜の名を言った。

「セリかな。ナズナかな。ゴギョウ——これは皆さんが知っている蓬(ヨモギ)です。草餅を作る時、この草を蒸かして臼でお餅と一緒に搗きますね。コベラは——。ホトケノザ、これはタビラコと今は言っています。スズナと言われているのは蕪(かぶ)です。蕪という名が定着すると、スズナをぺんぺん草というようになったようです。また、スズシロは大根のことです。時代が変わると青菜も、栽培する野菜になるのですね」

四月の初め、春とは言えど、まだ寒さが身にしみ、身を縮めて会員たちは河川敷を歩いて、これはと思う若菜を見つけると花田を呼んで、確認をした。

暫くすると、会員たちの持っている袋が、若菜でいっぱいになった。

「ここにこんなに若菜があるなんて、この近くの人は知らないのですね。皆さん、明日の朝は七草粥にしましょう」

今日の会も、会員たちは満足だったようだ。河川敷で解散にした。

「きみたちも、今日はここで解散にしよう、お疲れ様。わたしは坂口先生と、ちょっと寄り道をして帰ります」


みんな思い思いの方向に帰って行った後、尚子が昭大の所に来て、

「お義兄さん。わたしたちも寄り道をして行きましょう。千津さんも一緒に。おいしいコーヒーの店に寄りましょう」

昭大は、尚子と千津に従って河川敷から通りに出た。そして北千住の駅前に出た。そこは尚子が知っている店のようだ。

「こんにちは」

店内に声を掛けると、

「いらっしゃい。おや、久しぶりですね」

と、店長が親しげに挨拶をしてきた。

三人は奥の席に腰を下ろした。店長自ら、お絞りを持ってきてくれた。

「お義兄さん、何にします。千津さんは――」

「尚子さん、このお店、久しぶりですね。ここのお勧めのコーヒーにします」

「お義兄さんもよろしいですか？　では、とりあえずコーヒーを三つ」

「はい、かしこまりました」

店長は、サイホンでコーヒーを入れて、昭大たちの前に持ってきた。店長が厨房に戻るのを待って尚子が、

「どうぞ。お義兄さん、わたしこの間、いい人を紹介しますと言いましたでしょ。それで、今日『植物を探る会』に千津さんと参加したの。千津さんも植物を愛する心の優しい人なので、お義兄さんに知ってもらうのにいい機会だと思ったの」

千津は尚子の話に顔を赤らめていた。

「改めて紹介します。わたしの友人内田千津さんです。きっとお似合いのカップルになると思うわ」

昭大とて独身主義者ではない。亡くなった母だって、昭大の新生活の様子が見たかった

に違いない。

「いろいろといたりませんが、どうぞよろしくお願いします」

千津はもじもじせずに、きっぱりと意思を伝えた。

「こちらこそよろしく」

尚子は、昭大と千津の紹介が無事に済み、胸を撫で下ろした。

「お昼を済ませたのに、なんだか急にお腹が空いたわ。サンドイッチ貰おうかしら。二人もどう？　店長、ハムサンドをください」

千津はずっと気になっていたのか、

「市村さん、今日の青菜摘みでのお話、よくわかりました。ですが、セリについてのお話がなかったのではないですか？」

「あ、そうですね。花田先生も坂口先生もセリについては、皆さんがよく知っているようなので、大切なことですが言い忘れてしまったようです」

「それ、何のこと？」

サンドイッチを口に入れていた尚子が、河川敷で採ってきた青菜の袋を覗いた。

「わたしはセリと蓬を摘んできたの。このセリに問題があるの？」

「これは大丈夫。草餅ができたら母にもくださいね」

「はい、忘れません。お義兄さんにも千津さんにもお分けします。楽しみにね」

昭大はバスで、尚子と千津は北千住から電車で帰ることになり、昭大と千津は連絡方法を確かめ、握手をして別れた。初めて会った人に少し馴れ馴れしいかと思ったが、昭大は自然と手が出た。


少し興奮気味で家に帰った昭大は、仏壇の父と母に、千津という女性と友だちになれそうだと報告をした。心地よい興奮で昭大は、風呂に入り床に就いた。

明け方近く昭大は、誰かに起こされたように感じ目を覚ました。きっと、父が創作した短歌を鑑賞してくれたこと、父の「追憶」の一つに気づいたことを、喜んでくれたのかも知れない。そうなると、母が言っていた「石の鳥居と長い石段」がどこなのか、見つけなくてはと思いつつ再び眠りに入っていった。心地よい眠りで朝までぐっすりだった。

朝のお勤めで、父と母の位牌に手を合わせた時、父の作った短歌の中に、母の言っていた「大きな鳥居と長い石段」のヒントがあるのではないか、と何となく思った。

今日は花田の所で「植物を探る会」の準備をすることになっている。次回は「秋の七草」

の計画ができている。

三　鎮守様の森

「芳子ちゃん、遊ぼう」

「省吾ちゃん、遊ぼう」

昭大の父省吾と母芳子は、幼い頃から毎日のように顔を合わせていた幼馴染みだった。

今朝、省吾は床の中で、太鼓や笛の音を聞いて目が覚めた。

「あ、お祭りだ。芳子ちゃんと織姫さんに行こう」

省吾はうきうきと床から出て、朝決まってすることになっている、朝刊を取ってくること、ご先祖様に線香を上げることを進んでやった。

その頃、芳子も祭りの音に目覚めた。

「お祭りだ。省吾ちゃんと一緒に行こう」

と、機嫌よく朝の決まり、朝刊を取ってくること、朝食の用意を手伝うことを進んでやった。そして食事もきちんと済ませた。

子どもたちが、外に遊びに行ってもいい時刻まで、省吾はそわそわと落ち着きなく、家の中を歩き回った。家の人から許しが出ると、待ってましたとばかり、芳子の家に駆けつけた。

「芳子ちゃん、お祭りに行こう」

芳子も待ち続けていたのか、すぐに玄関の扉が開いた。

「芳子、まだよ。省吾ちゃんもここで待ちなさい。お神輿が来たら、一緒に出かけましょう」

お神輿が芳子の家の近くまで来た時、省吾の母も駆けつけてきた。この地域での織姫さんは、町を守ってくれる「鎮守様」なのだ。

*

省吾たちの住んでいるこの町は、三方を山に囲まれ、南には利根川の支流が流れている、小さな町である。

省吾の市村家は、代々庄屋を引き継いでいた。明治、大正、昭和と時代を経るうちに、戦争や農地改革などで、土地を手放さなくてはならなくなり、曽祖父の代には小さな工場を持つ、普通の住人になっていた。

曽祖父は、庄屋であった特権を使い、この土地の様子を調べて回ったようだ。耕作地も広くない、特産物があるわけでもない、何か産業として成り立つものがないかと考えてみた。そして奈良時代に、絹織物を皇室に献上したという記録があることを知った。それには何が必要か。絹織物といえば蚕だ。川の近くを調べていた時に、桑の木が多いのに気が付いた。桑と蚕、これから連想されるのは絹織物だ。細々と機織をしている家々があるが、曽祖父はこれを我が家の仕事にしようと決意した。軌道にのってくると、桑畑も整理されて養蚕がさかんになり、町の中にも糸繰り工房や機織の工場ができてきた。そして、企業として成立してきたのだ。そして、伊勢崎銘仙、桐生銘仙、足利銘仙、秩父銘仙と名が知れ、一大ブームになった。

ここまで産業が発展したのは、この町を守ってくれている鎮守様のお蔭だと思い、曽祖父は腐食の始まってきた社を再建しようと、町の人に相談した。

「毎日毎日山の上から、わたしたちを見守ってくださる鎮守様。お社を建替えましょう。それとお社へ行くまでの道も、みんながいつでも行ける道に直しましょう」

「それと、織姫さんも一緒に、お祭りしてはどうですか」

「いいね、いいね」

町の人たちの考えが一致した。

山の麓に大きな石の鳥居が建立された。建立当時、町のあちらこちらから石の鳥居の頭が見えていたという。また、麓からお社の山道を、石を積んで段を造り、途中の踊り場は少し広く取られ水屋がある、立派な石段ができ上がった。そして、毎年、鎮守様と織姫さんのお蔭を感謝し、お祭りを行い、お神輿で町の中をご覧いただいた。

祖父の代までは、順調に進んでいた銘仙の織物も、軍事色が濃くなってきた昭和初期に、金属類の供出が政府によって進められ、糸繰り機も機織機も供出の対象になった。

市村家だけでなく、今まで好調だった他の工場も閉鎖になり、誰もが意気消沈してしまった。死の町になったようだと、省吾の父は無論、町中の人たちが言っていた。

*

機織の産業がなくなっても、鎮守様と織姫さんのお祭りは続いていた。神輿が町中を練り歩き、町民の心を癒やしてくれる宝だ。

省吾と芳子はその神輿について、町の中に飛び出した。

「省吾、芳子、気を付けるのよ。あまりお兄さんたちの傍によらないのよ」

「あ、翔一兄ちゃんがお神輿担いでいる」

省吾には上に二人の兄がいる。一番上の兄翔一と二番目の健二が法被姿でお神輿を担いでいる。勇ましい姿だ。

「ぼくもお神輿、担ぎたいよ」

省吾や芳子を心配して、後からついてきた父にねだった。

「あの大きな神輿を担ぐのは、大人になってからだよ。お昼を食べたら子ども神輿があるから、それに入れてもらおう」

「芳子ちゃんもお神輿担ぐ?」

「わたしはお花を持って、わっしょい、わっしょいと掛け声をかける。お神輿が高く上がるようにね」

「わーい、お神輿を担ぐぞ」

お昼の済んだ子どもたちが、子ども神輿の置いてある所にたくさん集まってきた。地域の役員や親たちの心配も気にすることなく、子ども神輿は町の中を練り歩いた。省吾をはじめ子どもたちは満足感でいっぱいだった。

この鎮守様と織姫さんの祭祀は三日間行われる。最後の三日目は、神輿を庫に収納するために、鎮守様の境内で神輿が担がれる。屋台も出て狭い境内だが、その神輿を見ようとたくさんの人が参詣に訪れる。

天候にも恵まれて、無事に鎮守様と織姫さんの祭礼が終わった。


翌日、省吾と芳子は祭りの余韻を楽しむように、石の鳥居に来ていた。昨日のざわめきが嘘のように、静かな鎮守様の森に戻っていた。

「芳子ちゃん、上まで上ってみよう」

「うん、行こう」

「グリコで行こうか」

「どっちが早く、上に行くかね」

「ようし、ぼくはじゃんけんに強いよ」

二人はじゃんけんをした。

「あいこでしょう、じゃんけんぽん。あ、ぼくの勝ち。パイナップル」

省吾は石段を一歩一歩上って六段上に行った。

次も省吾の勝ちだった。グリコと三段上った。三回、四回と続けて勝った省吾の姿が、芳子から見えなくなってきた。省吾の声だけでじゃんけんを続けていたが、どんどん距離が離れていった。こうなると芳子は不安が大きくなって、

「省吾ちゃーん。もう止めよう、どこにいるの」

省吾も、あまりにも芳子と離れてしまったので、心配になり石段を下ってきた。

「芳子ちゃん、じゃんけん弱いね」

省吾は芳子の手を引いて、石段を上って行った。

社の広場まで行くと、すでに遊びに来ていた腕白たちが、大勢で思い思いの遊びをしていた。腕白たちは昨日終わったお祭りを偲んでか、学校で習った『村祭り』を大声で歌っていた。

村の鎮守の神様の
今日はめでたいお祭り日
ドンドンヒャララ
ドンヒャララ
ドンドンヒャララ

ドンヒャララ
朝から聞こえる笛太鼓

年も豊年満作で
村は総出の大祭
ドンドンヒャララ
ドンヒャララ
ドンドンヒャララ
ドンヒャララ
夜まで賑う宮の森

子ども神輿を担いだことが、この腕白坊主たちには心に深く残っているようだ。

子どもたちの騒ぎに、神職さんが出てきて、

「ここは神様のお庭です。静かにしましょう」

と注意をされた。腕白たちは一時しゅんとなったが、また思い思いの遊びを始めた。省

吾も仲間に入ろうとしたが、芳子がいやいやと首を振った。仲間に入っては駄目ということだ。

「芳子ちゃん、帰ろう」

省吾は、芳子の手を引いて帰りたかったのだが、腕白たちの目があるので先に歩き出した。

*

省吾も芳子も、小学校の六年生になった。

省吾と芳子は、今までと同じように仲がよかった。だが、芳子の両親は心ならず心配していた。このまま二人一緒に中学、高校と進んで、他の友だちを作らずに二人だけの世界でいいものなのだろうか。「省吾ちゃん」「芳子ちゃん」で、中学生になったら学友たちはどう思うだろう。芳子の両親は芳子には内緒で、私立の中学校の入学案内を取り寄せていた。

一方、芳子も、省吾とのことで悩んでいた。省吾との仲よし関係がこのまま続いていいのか。省吾に頼らず、自分の判断と意思で、物事を行っていったら、今までよりも楽しい生活が送れるのではないか。でも、芳子は省吾が好きだ。

「お母さん、この間の小さなジャムの瓶空いた？　芳子、その瓶が欲しいのだけど――」

「空の瓶、洗って台所にあるよ。何に使うの？」

「うん、ちょっと」

芳子は省吾を誘わずに一人で、鎮守様の石段を上っていた。手には小さなジャムの空瓶を大事に持って、何事か念じるように上って行く。一つ目の踊り場を過ぎ、二つ目も過ぎて三つ目の踊り場に着いた。この踊り場の脇は森になっていて、鬱蒼と高い樹木低い樹木が茂っている。

「ここがいいわ」

芳子はちょっと怖かったが、恐る恐る森の中に入って行った。少し太い樹木を見つけると、根元の土を掘り出した。そして、持ってきた小さなジャムの瓶を穴に入れて土を被せた。

（瓶の中には何が入っているのだろう――）

「この太い紅葉の樹木が目印になる。後で省吾ちゃんと掘り出せたら嬉しい」

芳子は何度も何度も後ろを振り返り、石段を下りて行った。

その夜、芳子は両親に呼ばれた。

「芳子、ちょっと話があるのだけれど――」

「お父さんもわたしも、芳子を私立の女学校へ行かせようと思っているの」

「どうする、省吾くんとは別々の学校になるけれど――。お父さんは芳子のためにも、その方がいいと思っている。ここに入学案内がある」

芳子も考えていたことだ。芳子はその案内書を手に取った。

「後で、返事をする」

芳子は自分の机の前で、入学案内に目を通した。両親が決めたことなので、今の自分にはどうすることもできない。でも自分の中にも、省吾との距離を置こうと思っていた。それを両親が感じとってくれたのかも知れない。

芳子は翌日から、受験のための準備を始めた。こうなると、私立の中学校へ入るために、今までのように省吾と遊んではいられない。家庭教師にも家に来てもらい、勉強に励んだ。

省吾も初めのうちは戸惑っていたが、芳子の遊びどころではないという決意がわかり、だんだんに芳子の決意を応援しようと呼び出さなくなっていた。

二月になり、芳子の中学校の合格発表があり、四月からの入学が決まった。

三月になり、卒業式の日も近づいてきたある日、珍しく芳子の方から省吾に声を掛けた。

「省吾ちゃん、ちょっとお話があるの。三時頃、鎮守様の石の鳥居まで来て」

省吾はびっくりしたが、芳子の頼みなのですぐに承知をした。

省吾が石の鳥居まで行くと、芳子はすでに来て待っていた。

「何？　どんな用事があるの？」

省吾は努めてそっけなく言った。

「省吾ちゃん。これからは、省吾ちゃんでなく省吾さんと呼ばなくてはね」

「そんなことはどうでもいいよ」

「省吾さんにここに来てもらったのは、芳子の気持ちを知ってほしいから――」

「芳子の気持ち？　それ、なに……」

「芳子ね、この森のある所に大切なものを埋めたの。何年かしたら掘り出そうと思っている。その時、省吾さんと一緒……それとも一人かも知れない」

「何を埋めたの？　芳子の気持ちって何……」

「後の楽しみ――。用事は済んだから、さあ帰りましょう」

暫くぶりに芳子は、省吾の手を取って石の鳥居をくぐった。

＊

芳子の両親田村睦夫と節は親の稼業を引き継ぎ、「田村屋」という看板を掲げて、雑貨屋を営んだ。鎮守様の石の鳥居が見える大通りに店を構え、町の人々からは大変に重宝され繁盛している。「ご祝儀の袋を買ってきておくれ」とか「お弁当にいれる梅干を買ってきて」「あっ、石鹸がなくなった。田村屋に行ってきて」等々、何でもすぐに手に入ると皆から言われていた。

また、店の中には「大人の場所」「子どもの場所」を設けてあり、いつも賑わっていた。雑貨屋なのに、子ども向けの駄菓子や面子のような玩具の売り場があり、子どもたちの声に溢れていた。大人の場所には、テーブルと椅子が用意してあり、夏には扇風機が回り、冷たい麦茶が用意され、冬には火鉢があり、温かい煎茶が用意されていた。店に来た人や近所の人たちで、話が盛り上がり和やかな店内である。

「あ、鎮守様の掃除をするのに、竹箒を買ってきてと頼まれていたんだったわ。話が弾んですっかり忘れるところだった。急いで帰らないと――」

こんなこともよくあることだった。


このような出来事がちょくちょくあり、いつも笑い声が絶えることがなく、細かな心くばりをして、商売に励む両親を見ていて芳子は、親に心配をかけてはいけないと思うようになってきていた。

中学生になって新しい友だちもできた。でも授業が終わると、特別なことがない限り、急いで家に帰ってきた。そして店が開いている時には、努めて家の中にいて、少しでも両親の手助けをした。

省吾も、芳子が傍にいないことに慣れてきた。中学二年生になって、親しくなった友人からバスケットボールの部活に入ることをすすめられた。初めは躊躇した省吾だったが、コートでボールを持つと、なぜか心が弾んできた。性に合ったのか、めきめきと成果が上がり、正選手になっていた。

高校でもバスケット部に入部して、主力選手になった。しかし、心の底には常に芳子があった。小学校の卒業式の前に、石段の森に芳子が埋めたというものは何かと、時々思い出していた。だからといって、芳子に内緒で掘り起こそうとは思わなかった。また、芳子も暫く省吾と離れていたが、あの瓶を掘り出そうとは思っていない。省吾と一緒に掘り返して、子どもの頃を懐かしみたいと思っている。

*

省吾の父は、町の発展を願って設立された商工会議所に勤務していた。常に町の発展を願い、新しく店を開店するという人たちに、なにかと便宜を図り頼られていた。また、一番上の兄翔一も大学を卒業すると、父と同じ商工会議所に就職した。その兄は、昔、織物が盛んだったこの町を、また産業の町にしたいと願い、いろいろと企画を市議会などに進言している。次の兄は高校の教師になった。

省吾が高校三年生になった時、バスケット部の友人の家に招かれた。友人の両親は仕事で、家にはお祖父さんが留守番をしている。

「こんにちは、お邪魔します」

お祖父さんに挨拶をして友人の部屋に入った。

「省吾、お前、好きな子がいるか?」

部屋に入るなり、友人は省吾に聞いてきた。

「俺、今、迷っているのだ。友だちになってくれって言おうかどうするか——」

「好きなら好きと言えばいいじゃないか。この機会を逃したらもういないかも知れないぞ」

省吾は自分のことを言われているような気がした。

「幸彦、コーヒーが入ったよ。お母さんがおやつにとお菓子を用意してくれたよ」

お祖父さんが居間から声を掛けてきた。

「はーい。今行くよ」

省吾と幸彦は、お祖父さんの所へ行ってコーヒーをいただいた。

省吾はその部屋の中を見回した。鴨居に魚の絵が掛かっている。

「この魚の絵は何ですか？」

省吾はお祖父さんに聞いた。

「これか、これは魚拓といって自分で釣った魚を、半紙に写したものだよ」

「お祖父さんは釣りが好きで、ちょくちょく出かけるのだ。俺もついて行ったことがある。その時に釣った魚がこれだ」

と、幸彦は魚拓の一枚を指差した。省吾は俄然興味が湧いてきた。

「お祖父さん、今度釣りに行く時に、ぼくを連れて行ってください」

「おや、釣りが好きかい」

「釣りをやったことがありません。でも、なんだか面白そうです。日曜日だったら行けます」

「おいおい、省吾、バスケの練習はどうするのだ。試合の日も近いのだぞ」

「そうだな。練習の合間を見て——」

試合の近い時分の練習は並大抵ではない。これは省吾も承知している。でも、興味を持った魚釣りを諦めることはできない。


夏休みのある日、省吾は望みが叶って、お祖父さんと幸彦、省吾の三人で、近くの町にある渓流まで魚釣りに出かけた。釣りの道具はお祖父さんが用意してくれた。

岩場を渡り渓流にまで近づくと、お祖父さんが釣竿を省吾に渡してくれた。

「さあ、竿の先に針の付いた糸を結んで——。渓流に向かって糸を投げるぞ。こうするのだ」

お祖父さんはビュンと竿をしならせて、渓流へ針の付いた糸を投げた。ボチャンと水音がして、糸に付いていた浮きが、水面でゆらゆら揺れているのが見えた。

幸彦はすでに経験があるので、うまく釣り糸が水面に落ちた。

「さあ、やってごらん。後は浮きをよく見て、浮きが引っ張られているようだったら、魚が餌に食いついているということだ。でも引き上げるタイミングを誤ると、魚は逃げてしまう」

省吾がおずおずと教えてもらったことをしているうちに、お祖父さんは浮きの様子を見ていて、竿を引き上げた。鮒か鮠が針に掛かったようだ。

「幸彦、どうしてぼくや幸彦の針には、魚が掛からないのだ」

「気短な人間には、釣りは無理なのだって――」

「場所を変えてみようか」

省吾は針を引き上げて、お祖父さんの所から移動を始めた。

「ちょっと待てよ。俺も――」

幸彦も針を引き上げて、省吾の後を追ってきた。省吾は急ぐでもなく目的の場所があるのか、ずんずんと前を向いて歩いて行く。

省吾の目の前に大きな岩があった。省吾はその岩に上ろうとした。しかし、釣りの道具で両手が塞がっているので、足だけで踏ん張って上り始めたが、踏ん張りが足りなかったのか、足を滑らして下に転落した。

「省吾、大丈夫か。怪我は？」

幸彦が走り寄った。省吾は蹲ったまま動かない。

「お祖父さん！」

大きな声で幸彦は、祖父を呼んだ。

「どうした？」

祖父が急ぎ足でやって来た。省吾がもそもそと動き出した。省吾に近寄った祖父は、ズボンの膝部分が破れているのに気が付き、

「省吾、そのまま動かずにいろ」

救急車を呼びに川岸の商店まで駆けて行った。幸彦はどうすることもできず、省吾の周りをおろおろするばかりだった。

省吾は暫く、秋山外科病院に入院した。省吾が怪我をして入院したという話は、瞬く間に近所の人たちに伝わった。省吾の怪我は膝下の骨折ということで、二日後には家に帰っ

てきた。

省吾が怪我をしたということを、芳子は学校の友人から聞いた。すぐにでも病院に行きたかった。でも、こんなに気持ちの揺れている時に省吾に会ったら、自分でも何を言うかわからないと、少し時期を置くことにした。

（省吾さんに会う時には、自分の気持ちをはっきりと伝えたい。『わたしは省吾さんのお嫁さんになりたい。いや、なります』と——）

鎮守様の森に埋めた瓶の中身は、省吾にも言っていない、そのことを書いた紙が入っているのだ。


省吾は怪我のため、バスケ部を二ヶ月休むことになった。そもそも、この時期は大学受験の時で、三年生は部活動どころではなくなっている。省吾も進学したいと思っていた。特別な受験勉強をしなかったが、運よく短期工業大学に入学できた。寺沢幸彦も同じ大学を受験し、また学友になった。

幸彦の祖父、寺沢幸一が市村家を訪れた。客間に通された幸一は、省吾の父が客間に入ってくると、頭を畳につけるようにして深く挨拶をした。

「先日はわたしの注意不足で、省吾さんに大変な怪我をさせてしまい申し訳ありませんでした。すぐにでもお伺いしたいと思っておったのですが……。これは、わたしがこの間海で釣った鯛です。省吾さんの入学祝いにと思いまして――。どうぞお納めください」

「これはこれは、立派な鯛ですね。これを釣ったのですか。たいした腕前ですね」

「はい。家にはもっと大きな魚拓がありますよ」

それからは、この町に古くから住んでいる省吾の父と幸一は、釣りの話からだんだんに話が弾んで、客間から笑い声が漏れてくるほどに打ち解けていった。


一方、芳子は、担任から四年制の大学受験を進められていた。だが両親のことを考え、二年制の短期大学にした。芳子も難なく短大生になった。

省吾はまた、芳子の姿を町の中で見かけるようになった。

「元気かい。頑張れよ」

と、声を掛けることもあった。芳子は、

「省吾さんもね」

と、聞きようによっては、そっけなく挨拶を返してきた。

こんな日常が続き、二人は短大を卒業した。省吾は、兄翔一の勤めている商工会議所に勤務することになった。芳子は、外の勤めよりも、家政関係が性に合っていたのか、家で洋裁の仕事を始めた。

ある日突然、省吾に聞きたくない話が伝えられた。

「芳子さんがお見合いをするのですって――」

「お嫁に行くのかしら。それともお婿さん――」

田村屋に訪ねてくる人たちから、いろいろな話が伝わってきた。噂は省吾の耳にも入ってきた。省吾は内心気が気ではない。幸彦からは「省吾、好きだったら、芳子さんに直接言えよ」と励まされている。

省吾は勇気を奮って、田村屋に出かけた。そして、店に出ていた芳子の父に、

「芳子さんに用があるので、午後二時に鎮守様の境内まで来てくれるように伝えてくださ い」

と言った。幼時から接していた、芳子の父に照れずにきちんとお願いした。

約束の午後二時、鎮守様の境内で省吾が待っていると、芳子が石段を上ってきた。

「芳子、芳子ちゃん」

すぐに気が付いた芳子は、省吾の所に駆け寄ってきた。

「省吾ちゃん、待った？」

省吾も芳子もここ鎮守様に来ると、子どもに戻ってしまうようだ。省吾の言おうとしていることが、芳子にはすでにわかっている。

「芳子ちゃん、ぼくのお嫁さんになってほしい」

芳子はちょっとびっくりしたようだが、ここで話があるということは、きっと結婚のことだろうと内心わかっていた。

「はい。でも、家に帰って両親に相談してからね」

芳子は嬉しさにここの石段の途中の森に埋めた瓶のことなど、すっかり忘れていた。

「芳子ちゃん、ここの石段をじゃんけんで上ったのを覚えている？」

「芳子、じゃんけんに弱くて、いつも省吾ちゃんに置いてけぼりだったわ」

「これからは置いてけぼりにしないよ。手を繋いで一緒に上ろう」

芳子は少し涙ぐんでいた。

家に帰った二人はすぐにそれぞれの両親に話した。

省吾の両親は吉日を選んで、芳子の家を訪れた。

「おや、お二人揃って何かお買い物ですか？」

芳子の父は惚けたようなことを言っている。

「今日は買い物ではありません。ちょっとお話がありまして――」

「ああ、そうですか。店先ではなんですから、どうぞ座敷の方へお上がりください」

両方の両親が座卓の前に揃った。

「ちょっとお伺いしたいのですが――。以前、芳子さんのお見合いの話がありましたが、それはどうなったのですか？」

「ああ、あの話。あれは、芳子が妻の振袖を着て写真を撮った時に流れた噂です」

田村の妻節が奥から写真を持ってきた。

「これです。振袖姿の娘を見て、いつになったらこんな姿が見られるのだろうと、心配と憧れがあったのですよ」

「綺麗なお写真、ありがとうございました」

「ところで今日のお話とは――」

省吾の両親は居住まいを正して、芳子の両親に告げた。

「芳子さんから、もうお話があったと思いますが、息子省吾の連れ合いになってほしいという話でお伺いしました。本来ならば仲人を立ててお願いするのですが、市村家と田村家ですので、話が本決まりになりましたら、改めて仲人さんをお願いすることで——」

「はい、芳子から話は聞いております。本人もその気でおりますのでお受けいたします」

両家の両親はほっとして、肩の荷を下ろした。

「節、お祝いだ。酒だ、酒の用意」

もうすでに用意がしてあったようで、節と店員が両親たちのいる座敷まで運んできた。

「また、省吾、芳子と呼ぶことができるのだね」

「本当、可愛かったものね」

「それがもう、所帯を持つ年になったのですね」

「こうなると、わたしたちの慾かね。早く孫の顔が見たい」

思い思いに昔を振り返り、祝いの酒を楽しんだ。

四　思わぬ災害

家族や友人、周りの人たちから祝福されて、省吾と芳子の結婚式も、華やかな中にも温かい雰囲気で無事に済んだ。

和やかで温かな家庭が営まれ、長男の昭大も誕生した。

そして、昭大の御七夜の祝いに来てくれた田村の父から、省吾夫婦は思いがけない話を聞かされ唖然とした。

「省吾さん、芳子、よく話を聞いておくれ。わたしたち夫婦は田村屋を、省吾さんに譲ろうと思っている。わたしと妻の節は、節の両親のいる田舎に行って、野菜や切花を栽培して暮らそうと相談した。詳しいことは聞かずに引き受けてくれまいか。これが、二人へのお祝いだと思ってほしい」

両親の決意は固いものだった。省吾は市村の両親とも相談して、田村屋を引き受けることにした。

近所の人たちもこの店主の交代は意外だったようだ。省吾もその意外性を店の発展につなげようと、少しずつ店を変えていった。まず、魚釣りがブームになってきたことと、省吾も関心があることで、魚釣りのコーナーを設けた。それには幸彦の祖父寺沢幸一の助言もあった。芳子は、今まであった子どものコーナーに重点を置いて、充実を図っていった。二人の構想が当たったようで、店はそれなりに繁盛していた。

＊

次男の直次が誕生した頃、省吾に異変が起きた。歩くたびに足の芯に痛みを感じるようになった。注文の品を届けるのに自転車で運んでいた時も、じんわりと痛みを感じた。働きすぎかと勝手に決めていたが、風呂に入ってマッサージをしてもよくならない。そこで、省吾は配達の間をぬって、芳子に内緒で赤十字病院に足を診てもらいに行った。

病院の待合室にはたくさんの人が順番を待っていた。省吾は受付で整形外科の順番を取ろうと思って、どれくらいの人が待っているのか聞いてみると、一時間では診てもらえそうもない。配達の合間をぬって病院に来たので、省吾は今日の受診を諦めて、日を改めて病院に来ようと店に帰った。

痛みがあまりにも続くので、省吾は芳子に今の足の状態を伝えた。芳子はすぐに病院に行くように言った。芳子は、ちょうど田村の母が昨日から来ていたので、幼い二人の子どもを頼んだ。そして店は店員に頼んで、芳子は省吾の手を引くようにして病院に行った。今日は何人待っていようと関係なく、きちんと診察をしてもらおう、と省吾も腹をくくった。

整形外科の医師は、省吾から話を聞いてすぐにレントゲン撮影を手配した。暫く待合室で待機していると、「市村さん、市村省吾さん」と名前が呼ばれた。診察室に入ると、医師はレントゲン写真を見ながらしぶい顔をしている。省吾が医師の前に座ると、

「市村さんの足ですが――。高校生の頃に骨折した足はなんともありませんが……反対の足の膝の下の所が、どうもおかしいのです。両方の足のレントゲン撮影をしてよかったです。左足もう一度、大学病院で精密検査をしたいと思っております」

心配のあまり診察室まで付き添ってきた芳子が、

「骨折とかひびがはいったのとは違うのですね」

「はい。レントゲンの写真では、骨折やひびとは違います」

もう一度レントゲン写真を見直し、写真の画面を指差し、省吾に言った。

「今のところはっきりとは申せませんが、膝の下の所に腫瘍があるようです。紹介状を書きますので、大学病院の方へ行ってください」

（膝の所に腫瘍がある？　骨肉腫と言われているものか。今のところ、治療法は足を切断するしかないと言われている）

省吾はなぜ自分がそんな病に罹ったのか、呆然としていた。

そして大学病院での診たては骨肉腫だった。

省吾は日赤病院へ、一日おきにラジウムの照射に通った。

「これによって腫瘍の進行が抑えられるかも知れません。頑張ってみてください」

「省吾さんは、どうなるのでしょうか？」

芳子は担当の医師に、泣かんばかりに訴えた。

ラジウムの照射を続けた省吾は、日によってよくなり悪くなりを続けていたが、病院に行くのも大変になってきた。

昭大が五歳、直次が二歳になった時、省吾は歩行も困難になってきた。ついに日赤病院に入院することになった。しかし望みも出てきており、化学療法（抗がん薬）が発達し、だんだんに省吾の足も改善されていった。

「ねえ、お母さん、お父さんはどこに行ったの？」

「お父さんはね、足が悪くて病院に入院したの。後で病院へお見舞いに行きましょう」

「直ちゃんも一緒にね」

「お父さん、寂しいと言っているから、喜ぶよ」

今日は昭大の楽しみにしていた、お父さんのお見舞いに行く日だ。芳子はメモを見ながら、持っていくものをチェックした。

病院では父の省吾も楽しみにしていた。病院に着いた昭大は暫くぶりに見る父の顔に、心弾んでベッドの周りを走り回った。

「昭大、他の人に迷惑よ。走り回るのはよしなさい」

他の患者さんに気兼ねをして、芳子は昭大に注意した。直次も父の傍で、はしゃいでいる。

「お父さんね、七月頃には退院できそうだよ」

芳子に小さな声で囁いた。

「えっ本当⁉」

芳子は慌てて口を押さえた。

「昭大、市村のお祖父ちゃんが、お見舞いに持ってきてくれたりんごがあるよ。お母さんに剥いておもらい」

「お母さん、りんご剥いて――」

直次も芳子におねだりした。


化学療法とラジウム照射とあいまって、省吾は夏には退院することができた。芳子は無論、昭大も直次も大喜びで、様子を見に来た市村の祖父と食事会をした。

来年四月に、昭大は小学一年生になる。退院早々で心配もあったが、八月の末、省吾は昭大を連れて、友人たちと海水浴に出かけた。昭大は、父が暫く留守にしていたこともあって、電車の中では幼児に戻ったようだった。

父の省吾はこれも昭大が成人して、父を追憶する一つになって、楽しい思い出になってほしかったのだ。


秋になり、鎮守様の紅葉が見事に色づいてきた頃、省吾は親子四人で田村の両親を訪ねた。省吾が子どもの頃は、まだ家の近くに畑も見られたが、今はすっかり都会化して、畑などは見られなくなっていた。そのため昭大や直次は広く広がる畑を見て、歓声を上げた。

田村の両親の家は、広い畑の中にぽつりと建っていた。

「この畑全部、お祖父ちゃんとお祖母ちゃんで作っているの?」

と、昭大は省吾に聞いた。

「そんなことはないよ。お祖父ちゃんの家の周りにある畑だけだよ」

「何を作っているのかなあ」

「お祖父ちゃんに聞いてごらん。さあもう少し歩こう」

実りの秋、細々と畑を耕している祖父たちにも、その実りは豊富であった。野菜、根菜など、家族だけでは食べきれないほどであった。また、畑の隅で菊の栽培もしていて、これは市場に出荷しているとのことだった。

昭大と直次は祖父と畑に出て、芋掘りを楽しんだ。近くの八百屋では見たこともないくらい大きな薩摩芋が、土の中から出てきた時には、昭大も直次もびっくりして歓声を上げた。

省吾たち家族は、一日をたっぷりと楽しんで、お土産をもらって家に帰ってきた。いただいてきたお土産を、市村本家にもお裾分けをした。

省吾の所も、祖父の所も特別に変わったこともなく、冬を迎え、年の暮れが近づくと、年末年始の買い物をする人で田村屋も忙しくなった。

新しい年を迎え、昭大も直次も元気に目覚め、省吾と芳子に新年の挨拶をした。朝のお雑煮をいただいてから、昭大が郵便受けから取ってきた年賀状を見た。

「お父さんも年賀状を書いたの？」

「書いたよ。お店と両方で忙しかったけれどね」

「あっ、この葉書の絵、面白いね」

「直次にも見せて」

一枚の年賀状を取り上げた芳子が、

「まあ、雅子さんからだわ。懐かしい。わたし、急いで年賀状を書かなくては――。寺沢のお祖父ちゃんからも届いている。昭大ちゃんや直次ちゃんにもよろしくと書いてあるよ」

届いた年賀状を見て、それぞれの思いが湧いてきた。

「お昼が済んだら、鎮守様に行こう」

「お父さんは、あの長い石段は上れないよ」

「そうだな。石の大鳥居の所で、直次と二人で待っているよ」

「お父さんと直次の分まで、今年も元気で幸運がありますようにとお願いしてきます」

昭大は元気に石段を上っていった。芳子はその後を追いかけるようにして石段を上って行った。省吾はそれを見て、いつになったら芳子と手を繋いで、この石段を上れるかとじっと見送った。

省吾は直次の相手をしながら、暫く遠ざかっていた創作をしてみようと思いたった。自分の中に入り込むと、直次のことが疎かになって、どうも思うようにいかない。試行錯誤をしてどうにか短歌を一首創り上げた。

芳子たちが、石段を下りてくるのが待ち遠しかった。昭大にはこの石段の上り下りは大変だったようで、鳥居まで来た時には息を切らしていた。

「お待ちどおさま。きちんと今年も幸せでありますようにと、鎮守様にお願いしてきましたよ」

鎮守様の境内で求めてきたお札を省吾に見せたが、省吾は自分のことでいっぱいだった。

「芳子、短歌が一首できたよ。創作ノートに書いておかなくては――」

省吾は芳子の話も上の空で、さっさと家に向かって歩き出した。疲れた顔の昭大が後を追いかけた。

新年の初詣が功を奏したのか、省吾親子は平和な時を過ごした。四月には昭大の小学校入学があり、保護者会で省吾は一年生の代表に選ばれた。また、兄のいる商工会議所からは、兄の計画した行事を推進していく役を任せられた。夏には花火大会、秋には鎮守様のお祭り、冬には街の商店街の売り出し、春は桜祭りが計画されているようだ。

店の方は、芳子に任せ切りになってきた。兄の計画を助けるために、省吾は街の中を走り回った。こんな省吾を芳子も陰で支え、店の切り盛りをしていった。

夏の花火大会が無事に終わり、ほっとした省吾にまた異変が起きた。膝下部分に異常を感じていた。省吾はすぐに日赤病院で診療を受けた。

レントゲン写真を診た担当医は、すぐに骨肉腫だと診断した。そしてすぐ入院をするようにと勧告され、家に帰ることなく、省吾は入院をした。芳子はすぐに病院に駆けつけてきた。病室で化学治療とラジウム照射を受けながら、

「足の切断で済みますか？」

省吾は芳子を意識しながら、医師に聞いた。

「今のところ、何とも言えません。以前と同じ治療だけで落ち着いてくれるといいのですが――」

「少し、動き過ぎたかも知れません」

と、芳子は気丈に涙も見せないで、医師に言った。

省吾の突然の再入院に、市村の父と母はすぐに飛んで来た。また、兄の翔一も病室に駆け込んできた。その後、田村の父母や近所の人たちが見舞いに訪れてくれ、病室は社交場のようだった。見舞いも日にちが経って少なくなった時、幸彦が見舞いに来てくれた。

「省吾、元気かい」

入り口から声を掛けてずんずん入ってきた。

「あ、幸彦……ありがとう」

親友の顔を見て、省吾は少しほっとなった。両親や肉親の見舞いは無論であるが、親友の顔を見ると、気を張る必要もなく気が楽になるのかも知れない。

芳子は省吾の看病と見舞い客の対応で、気丈に頑張ってはいるが、疲れも出てきた。昭大や直次に、省吾の病気再発を知らせたが、後で病院に連れて行くから、もうちょっと家で待っているように言い聞かせた。

省吾の容態が、化学療法もラジウム照射も効かなくなってきた。そんな父が苦しんでいる時に、昭大と直次は間が悪く病室に見舞いに行った。父の顔もはっきりと見ることができなかった。直次はただ泣くばかりで、母の芳子にしがみついていた。

「芳子、手帳を持ってきておくれ。ぼくの机の上にいつもある、『市村よ志き詩集』と書いてある手帳を持ってきておくれ」

省吾は真剣な面差しで、芳子に頼んだ。

それから二ヵ月後、省吾は足の菌が肺にまで広がり、帰らぬ人になった。省吾の枕元には、あの創作手帳があった。

初め芳子は短歌に気が付いたが、こんな俳句も書かれていた。

四季雑詠

縁に出て網すく父や寒の明け

初午に面買い遣りて叔父らしく
すれちがふ白粉の香や初稲荷
早春の洲草にはねる小魚かな
秋深む流れのそこに落葉かな

病院から家に帰ってきた省吾は、やっと家に帰ることができたというように、安らかな寝顔であった。芳子は創作手帳と愛用のペンを省吾の胸に置いた。でも、省吾の遺品ではあるが、棺には入れなかった。

昭大も直次も、市村のお祖母ちゃんの元に預けられていて、父の葬儀は全然記憶にない。そんな二人の子どもを不憫に思ったのだろう、市村翔一は、「むこんちの父ちゃん」と呼ばれて、二人の父親になってやろうと芳子に話した。実の父親が亡くなったという負い目もなく、「むこんちの父ちゃん」と呼んで、二人は小学校が終わるまで、事あるごとに「むこんちの父ちゃん」を頼りにした。

省吾が残した「田村屋」は、「市村」と名を改め、規模を小さくして開業をした。雑貨の種類も日常生活のものだけにして、子どもを主にし、子どもの集まる場所にしていった。

五　秋の七草

「千津さん、秋の七草知っていますか？　近頃は、空き地に草が生えるのを嫌ってか、除草剤を撒くので草地が小さくなりましたね」

新緑の頃にはむせかえるような緑であった公園などが、だんだんに色づいてき、春とはまた違った趣が出てきた。昭大は千津を誘って、新宿御苑に来ていた。

「秋の七草、この草地に生えていると、実物と名前が一致するのですが――。探してみましょう」

「わたしが知っている秋の七草と言えば、『芒』と『桔梗』くらいかしら」

「七つのうち二つ知っているのですね。今日はもう一つ覚えましょう。ところでなぜ『芒』と『桔梗』なのですか」

「桔梗は母が好きな花のようで、秋になるとよく仏壇にお供えするの」

「そうですか。実はわたしの母も好きな花でした。ところで山上憶良の作ったこんな和歌を知っていますか。

秋の野に咲きたる花を指折り(および)

かき数(かぞ)ふれば七種(ななくさ)の花

萩の花尾花葛花なでしこの花

女郎花(をみなへし)また藤袴朝貌が花

万葉集の巻八に載っています。今話題になった『桔梗』がありませんね」

昭大は、紙に書いたものを千津にわかるように見せた。

「ほんと。桔梗が入っていませんね。でも、最後の『朝貌』はわたしの知っている『朝顔』とは違いますね」

「この朝貌の花というのが桔梗なのです。山上憶良の頃には、そう言っていたのでしょうね。千津さん、春の七草と秋の七草の違いがわかりますか？　季節の違いでは正解ではありませんよ」

「さあ、なんでしょう。花、花がある。そう花が咲いているのね」

「そうです。春の七草は、お正月の七日に七草粥といってお粥にしていただきます。食用の野草です。ところで秋の七草はどれも可愛らしく花が咲いています。――あ、私ばかり言って――」

昭大は話を止めた。大木戸門から入り、イギリス風景式庭園を横に見て日本庭園に向かった。公孫樹もそろそろ紅葉が始まったようで、緑の葉の中に黄色が交じっていた。

「千津さん、あそこの林を見てごらん。尾花（ススキ）が二、三本見えますよ。きっと刈り残されたのでしょうね。イギリス風景色庭園など、雑草と言われるものがなく、一面に平らで綺麗ですね。これから行く日本庭園もそうなのでしょう。わたしたち野草を探る者にとっては、とても残念なことです」

昭大はやはり一人でしゃべりまくった。

「市村さん、わたし去年の秋、友だちと箱根の仙石原に行ってきました。銀色の波がとても綺麗だと聞いたので見に行ってきました。この銀色の波が尾花（ススキ）なのですね」

ゆうれいの正体みたり　枯れ尾花

「こんな歌があるのを知っていますか。また中秋の名月に、芒を飾る風習がありますね。その時、芒一本だけ立ててるのが正式だそうです」

二人は日本庭園に入って行った。

「千津さん、少し休みましょうか。あそこの休憩所に入りましょう。——あっ、ここに葛（くず）がありますね。これはマメ科の多年草です。小さな赤い花がちらほら——」

休憩所に入って、昭大は思いがけない人物に会った。先方も気が付いたようだ。昭大が手を上げて合図をすると、その人は立ち上がってきた。

「中村、久しぶりだね」

「市村、元気だったか。相変わらず草探しか？」

「近場でと思っているけれど……近頃は見付からないね。ここにはあるかと探してみたが、綺麗に野草が刈られてしまって駄目だ」

横にいる千津に気付いた中村は、

「あ、失礼しました。自分たちのことばかりで——」

「いいえ、いいのです。楽しそうで羨ましいです」

「え……こちらは内田千津さんです。一緒に草を探しに来ました。中村は一度だけ会ったことあるな。——で、中村、どうして急に花田先生の所からいなくなったのだ？　心配したぞ」

「急にではなかったのだけど、福寿草のことがあって、皆に顔を合わせるのが気まずかったのだ」

「ふむ、それで今は何をしている？」

「坂口先生から紹介いただだいた研究室に――」

「千津さん、ここに座りましょう。コーヒーでいいですか？」

中村も一緒のテーブルについた。千津が気を遣い、コーヒーを買いに行ってくれた。

「中村、嫌なことを聞くかも知れないけれど、美代子さんとはどうなっている？」

「うん、近いうちに結婚しようと思っている」

「それはおめでとう。美代子さんも元気なんだ」

「市村、自分のことはどうなのだ。彼女とは――」

「義妹に紹介され、結婚を前提にお付き合いさせていただいているよ」

千津がコーヒーを運んできた。ここで二人の話題は切れた。

「これからどうするのだい？　新宿御苑の広場には、秋の七草は見付からないよ。もし探すとすると、林の中に入って行かないと――。たぶん立ち入り禁止になっていると思うけど」

「そうだな。先日、代々木公園にも行ったけれど、なかなか見付からなかったよ」

「でも、折角来たのだから、日本庭園の中を見て行きましょう。先ほどの尾花のように、刈り残したものがあるかも知れないね」


昭大と千津は、中村と別れて庭園を歩き出した。

「千津さん、秋の七草のうち、草と名前が一致したものは、桔梗と尾花、葛の三つでしたが、萩はどうですか？　その他、撫子、女郎花、藤袴とあります」

「名は知っていますが、どんな葉で何色の花が咲くのかわかりません。絵や写真ではなく本物が見たいですね」

「自然が残っている所でないと、なかなか無理のようですね。今度、高尾山にでも行ってみましょう。日当たりのよい林の中ならば、見付かるでしょう。女郎花は薬草です。日当たりのよい、山野を好む多年草です」

二人は日本庭園を抜けて、イギリス風景式庭園に入った。

「ところで千津さん。今までの秋の七草はいつ頃決められたか知っていますか。山上憶良の和歌は万葉集に載っていますね。それではなく、現代の秋の七草というのがあるのです。

昭和十年に日日朝日新聞が、当時の名士に依頼して選んだ七草があるのです。

・コスモス
・白粉花（オシロイバナ）
・秋海堂（シュウカイドウ）
・葉鶏頭（ハゲイトウ）
・菊
・彼岸花
・アカノマンマ

日本人の自然観に相応しい植物が選ばれたようです」

「これだったら、わたしたちも知っていますね」

夕闇が迫ってきて、庭園内の人たちも帰りを急いでいるようだ。昭大と千津も帰りを急いだ。門が閉まらないうちにと、新宿門に出た。門の前に生花店があった。ウインドウの中を覗いてみると、コスモスや菊、葉鶏頭に比べて、清純に見える芒に女郎花を添えた花立てが飾ってあった。

「ああ、もうじき中秋の名月ですね」

昭大も千津も芒に女郎花という清楚な美しさに、なぜかほっとする思いで暫く眺めていた。

*

三丁目を通り、新宿通りを駅の東口方面に向かった。

「千津さん、帰りが心配なければ、もしよかったら食事をして行きませんか？　少しお話もしたいし——」

レストランに落ち着いた昭大は、千津に話し出した。

「千津さん、先ほど箱根仙石原に行って、銀色に波打つ芒の原に行ってきたと言いましたが、何か感じるものがありましたか？」

そこへウェイターが注文を取りに来た。話を中断されたことが気になったのか——、昭大は千津の好みも聞かずにオーダーをした。昭大はまた話を続けた。

「わたしの生まれた街にも、芒の原っぱがありました。そこは鎮守様がお祭りされている社の奥の林でした。尚子さんからすでに聞いていると思いますが、わたしの父はわたしが小学一年生の時に亡くなりました」

千津は昭大の、結婚を前提にした告白であると思い、静かに聴いていた。食事も出揃いおいしそうな匂いがしている。

「千津さん、食事を始めてください。わたしの話は食事をしながら聞いてください」

昭大が手をつけなければ、千津も手をつけないだろうと、昭大は食事を始めた。二人の食事が終わるのを見計らって、食後の果物とコーヒーが出てきた。昭大はまた話し出した。ここで昭大はこの話を千津にしたかった。


鎮守様の林の奥に広がる芒の穂が、風になびいている。昭大と直次、従姉の克子が歌をうたいながら歩いて行く。昭大は、栗の実のついた小枝をかざし、克子は手に持った芒を振って、鎮守様の社の方に歩いて行った。

「直次ちゃん、早く！　置いていくよ」

「早く、置いていくぞ」

「待って――」

芒を振り回しながら、直次が走ってきた。

「お兄ちゃん、待ってよ。今ね、うさぎがいたんだよ」

「うさぎ?」

「そう、うさぎ。こんなに大きな!」

直次は両手で大きさを示した。克子はお母さんに早く手折ってきた芒を渡して、お月見の用意をしたかったので、直次の手を引いて歩き出した。

「今日はお月見よ。直ちゃん、早く帰りましょう」

「うさぎがいたのになあ……」

直次は未練があって、林の奥を見ている。

*

帰りが遅くなったので、心配した克子のお母さんが鎮守様まで迎えに来ていた。

「昭ちゃん、直ちゃん、克子、暗くなりますよ」

昭大は鎮守様の石段の所で二人を待っていた。克子と直次が昭大の所まで来ると、昭大は「じゃんけん——」と、握った手を出した。これはいつものことで、鎮守様の石段を上り下りする時にする、昭大たちの遊びなのだ。それを見た克子のお母さんが、

「今日は、駄目。早くお家に帰りましょう」

コーヒーを飲みながら、千津に話をしていた昭大は何を思ったのか、急に声を上げた。

「あっ！」

千津は突然のことでびっくりして、昭大の顔を見た。

「ごめん」

昭大はテーブルから立ち上がって、周りの人々に頭を下げた。

「千津さん、びっくりさせてごめんなさい。大変なことに気付いたのです。母が度々、夜中にわたしを起こしに来る話は……尚子さんから聞いていますか？　その時、母が生前口にしていた『大きな石の鳥居と、長い石の階段』を思い出させるのです。石の鳥居と石の階段、これなのです。『追憶』って不思議なものですね。――そろそろ出ましょうか」


会計を済ませロビーに出たところで、何を思ったのか昭大は、

「千津さん、ここの椅子に座って、少し待っていてください」

と言って外に出て行った。昭大は何かまた思い付いたようだ。十分くらいして昭大は戻ってきた。

「お待たせしました。まだ大勢の人が園内にいて、ぶつからないようにするのが大変でし

た」

と、昭大は花の包みを抱えていた。

「はい、これは今日の勉強のお土産、芒と女郎花です。新宿御苑を出たところの花屋さんで、花立に飾ってあった芒と女郎花、素敵でした。それでお家へのお土産です。わたしも家に帰って、父と母の仏前に飾ります。中秋の名月ではないですが——。それとこれはわたしの気持ちです」

昭大はもう一つの花束を、千津に渡した。大きな赤い薔薇を芯にして綺麗な花が包まれていた。

「ありがとう。昭大さんの気持ち受け取りました」

千津もここで自分の気持ちがはっきりしてきたようだ。


総武線で帰る千津をホームで見送り、昭大は何か晴れ晴れとした気持ちで家に帰った。新宿御苑前の花屋で買ってきた、芒と女郎花の花を仏壇に供えて、今日の報告をした。

「母さん、母さんが言っていた『大きな石の鳥居と石の長い階段』、どこだかわかったよ。これで安心したでしょう」

昭大はほっとした気持ちで、ベッドに入った。何かあるたびに訪れる母が、今夜は現れなかった。母も昭大が「大きな石の鳥居と石の長い階段」をわかってくれたことに、満足をしているのだろう。

六　決意

千津が住んでいるのは、北千住駅前の賑やかな所から少し離れた住宅街である。両親と千津、妹の四人家族で妹はまだ小学生である。両親は、年頃になった千津が恋人らしいものもなく、仕事に励んでいることが気がかりだった。

千津としても男性を嫌って一人でいるわけではない。今までに親しくなった男性も何人かいた。今、親しくしている彼は森山武という。

美術大学を出た千津は、区立中学で美術の教師をしている。授業の合間に油絵を描いて、青春を塗り替えようとしていた。森山も別の区立中学で美術の教師をしていた。お互いに絵画の力量を高めようと、度々会って研鑽を積んでいた。

一人住まいの森山は、小さな部屋で作品に取り組んでいた。数日後に、大きな展覧会が行われる。なんとしてもその展覧会で賞を取りたいと願い、懸命に頑張っていた。

日曜日の夏の夕暮れ、熱気を含んだ風が通り過ぎて行く。軒に吊るされた風鈴が気ままに音を立てる。汗が流れて気分が乗らない。

そこへ千津が訪れてきた。白地に藍の蘭を浮き出した単の着物に、朱色の帯を締めている。藍のむせ返るような香りが辺りに漂った。明るかった空も、いつしか夕闇が広がり、明かりのついていない森山の部屋に入ってきた千津は、美しいシルエットとなって浮かび上がってきた。

「どうしたの？　こんな時刻に――」

「来てはいけなかった？」

「そんなことはないけれど――」

千津は森山の描きかけの絵に目をやった。絵の仕上がりの様子で、森山の意気込みがわかるような気がしたから、森山は千津の視線を避けるように、描きかけの絵の前に立ち塞がった。

「面白い構図ね」

どこかの庭園を描いているようで、やや神経質に素描がされている。森山は今までどの作品も、仕上がるまで千津には見せてくれなかった。

「まだ、主題が決まらないでいるのだ」

キャンバスに自由に彩色をしていく千津は、変わった色調と構図で、千津独特の荒々しいタッチで表現していく。武の色調や構図と常に反発し合っていた。

キャンバスの前に乱雑に置いてある、筆や水盤などを綺麗に片付け、胸元から出したハンカチで手を拭いた。そして暫く武の顔を見ていたが、そのハンカチを武に投げてよこした。投げられたハンカチを武は受け取った。それは、なお夕闇のせまった中で、白い夕顔の花のように見えた。武は投げられたハンカチを、几帳面にたたみ直して額に滲んでいる汗を拭った。

部屋に明かりの灯っていないのに気付き、武は急いで明かりをつけた。

いつの間にかすっかりと夕暮れて、心地よい風が出てきた。

「少し、外を歩こうか？」

街の明かりが、若い二人を呼んでいる。

「お腹が空いてきたわ」

「よし、どこに入ろう」

街の明かりに誘われた二人は、お腹を満たすために駅前のラーメン店に入った。

「学校で何かあったのかい？」

武は千津が来た時から気になっていた。

「……腹が立つのよ」

「話してみろよ。少しは気がまぎれるだろう」

千津は、美術教材の一つとして、「蝋染め」を二年生に課した。男子は文集の表紙、女子は座布団の表と決まり、作業にかかった。空き缶に白蝋を入れ湯煎をする。溶けた蝋で下絵を描いた木綿の布に置いていく。

蝋を床に落とすと、床が滑るようになるから注意するようにと言っておいたが、随分と床にこぼれてしまった。二年生は時間をかけて、雑巾で拭き取ったが、上履きの裏に付いた蝋が、歩くたびにあちらこちらの廊下に広がってしまった。

「歩きにくくてどうしようもないね。あそこもここも蝋だらけね」

と、恥ずかしがることを忘れてしまったような、ヒステリックな教師の非難が、なんとか滑らないようにしようと努力している生徒に浴びせられた。

今もまだ、千津の体中に怒りで体が震える思いだ。この思いを武にもわかってもらいたい。感情をまじえないで千津は話したつもりだが、武はわかってくれたのかどうか。

話をしているうちに、千津はそんなことを問題にすることはないのだと思うようになってきた。森山は何も言わなかった。武に解決を求めるのは初めから無理だとはわかっていた。

食事の後、うつむきかげんに歩いて行く武の背中を見ているうちに、千津は心の中の怒りがだんだんにしぼんできた。

（わたしはこの人と共に、生活をしていっていいのか。森山は何を考えているのだろう）

そんな二人を闇が包み込んでいった。


このこともあって、武と千津の間はだんだんに疎遠になっていった。

千津はその後も、何人かの男性との交流があった。でも、結婚をしようという感情が起きなかった。そんな千津の気持ちを知っているのか知らないのか、両親はいろいろと知人に頼んで、結婚相手を探していたが、今はもう本人に任せようと諦め気味になっていた。

「わたしたちも若くない。孫の顔が見たいものだ」

近所の小さな子どもを見ると、両親は早くお相手を見つけなさい、と千津にプレッシャーをかけた。


長い夏休みも後半になり、日直を終えた千津が駅の構内を歩いていると、

「千津さん、千津」

と呼び掛けられ、辺りを見回した。小さな子どもの手を引いた尚子の姿が見えた。

尚子とは高校の同級生で、三年間でとても親しい間柄になった。高校卒業後、千津は美大に進学して、教師になろうと勉学に励んでいった。尚子はそんな千津が羨ましかったが、家の都合で美容院の見習いとして仕事についた。道は分かれてしまったが、尚子と千津は今でも親友である。

「あら、尚子、由里ちゃんも、こんばんは。――こんな時刻にどこへ行っていらっしゃったの？　お買い物かしら」

千津はしゃがみ込んで、由里に話しかけた。

「今日は直次さんの、絵の展示会を観に行ってきたの。物好きにも今になって絵画を始めたのよ。おかしいでしょう」

「そんなことはないわ。わたしも時間があったら観に行ってみようかしら――。会場はどこ？」

「六本木の新美術館。最近になって直次さんが、家の近くに大人の絵画教室ができたのを知って、興味を持ったらしく、今からでも遅くない絵を描いてみようと、意欲満々で入会したの。その展示会なの。いい日曜画家になったわ」

「直次さんは、今まで絵を描いていたの？」

「わたしの知っている限りではなかったと思う」

「どんな絵を描いたのかしら。どうしても拝見したいわ」

横にいた由里が、大人の話に飽き飽きしてぐずりだした。

「お母さん、お母さん、早くお家に帰ろう」

「はいはい。お父さんも帰ってきているでしょうから、早くお家に帰りましょう」

「由里ちゃん、またね。――尚子、連絡をしてね」

尚子と由里は越谷方面に向かうホームに歩いて行った。

千津はそれを見送り、何か羨ましいという気持ちが湧いてきた。伴侶が欲しいということなのか。気持ちのざわめきを治めようと、努力をしながら家に向かった。


千津は夏休みということもあって、翌日、新美術館に行った。美術館は他の催し物と相まって、大勢の人で賑わっていた。「愛画の美術展」と表示された部屋に入ると、たくさんの絵画が展示されていた。ここに展示されている絵画は、油絵あり、水彩画あり、パステル画あり、切り絵、鉛筆画など多彩である。年代も四十歳代から七、八十歳までさまざまで、それぞれの人生が描かれているようで、興味深いものがあった。

千津は時間の経つのも忘れて観て回った。「これは素晴らしい」と感動するものや「この絵、大人が描いたの？　うちの生徒の方がもっとうまく描くわよ」と心の中で感想を言いながら、市村直次の絵の前に来た。

あまり絵を描いていないということが、すぐにわかる絵である。でも、描こうとする視点がはっきりしている。千津はこの点にすごく感心した。遠くに山並みが見え、緑の木々が点在する農家を包んでいる。空は青く澄んで、初夏ののんびりした農村を描いている。

直次の絵を観て、千津は自分ももっと勉強をしなくては、と反省しきりになった。

ここでふと昭大のことが頭を過ぎった。昭大は現在、花田の助手をしているが、現在の勤務実績や学生に対する指導を見ていて、助教に推挙しようと思っていると、花田からのお話があったという。そんな昭大さんに、わたしは相応しい相手だろうか、と自問自答をしながら帰途に向かった。

帰りの電車に揺られながら、直次の絵を思い浮かべた。千津が観ても決して上手い絵だとは言えないが、どことなく心に引っかかるところがある。透明さ、明るさなのかも知れない。たぶんそれは、直次さんと尚子の関係がうまくいっている、家庭円満ということだろう。

（わたしは、市村昭大さんと結婚をしようと思っている。昭大さんも真剣に考えているようだ。……今のわたしが昭大さんと家庭をもって、やっていくことができるだろうか……わたしの心の内をさらけ出してみよう）

千津は昭大から芒の穂の話を聞いて、その時にそう決めていたのだ。

（でも、あの時に『あっ』と声を上げたのはなんだったのだろう）


家に帰ると昭大から電話がかかってきた。千津は自分の部屋に入って電話を受けた。暫く電話で話し、居間に戻った。部屋には父母がテレビを見ていた。母が、

「電話、なんだったの？」

と聞いてきた。いつものことだ。娘の言動には常に関心がある。千津もいつものことなので、

「市村さんから――」

「千津、あなた、市村さんをどう思っているの？」

母の探りが始まりそうなので、父が、

「母さん、いい加減にしなさいよ。千津も子どもではないのだから、心配することはないよ」

と牽制してくれた。

「市村さんが、大切な話があるので、土曜日に会いたいと電話をくれたの」

「千津、あなた、市村さんと結婚する気があるの？」

「いいではないか、千津に任せておけば――」

父母に言われるまでもなく、千津は心を決めていた。今度、昭大に会った時に、自分の意思をはっきりと伝えよう。

（昭大さんとわたしは幸せになる。でも父母にはまだ内緒にしておこう。きっと幸福な家庭を作る）


一方で昭大は、はっきりと自分の意思を千津に伝えようと決断をした。そのため義妹の尚子に電話をした。

「もしもし、昭大です。尚子さん、お願いがあるのですが――」

「あ、お義兄さん、何ですか？　電話でいいのですか？」

「できたらどこかで会って、お願いを聞いてほしいのです。由里ちゃんと出てきていただけますか?」

電話で呼び出された尚子は、由里を連れて銀座三越前まで出てきた。

「由里ちゃん、こんにちは。尚子さん、突然にすいませんでした。どうしても尚子さんにお手伝いしてほしいことがあって――」

昭大は近くの静かな茶処に誘った。

「尚子さん、わたしは、千津さんと結婚しようと決めました。それで……婚約指輪を贈りたいのです」

「お義兄さん、決心したのね。千津さんも待っていたのよ」

「それで、指のサイズなど教えてほしいのです」

「ああ、指のサイズね。わたしが直次と婚約をした時に、その指輪を千津さんに見せたの。千津さんはちょっと貸してねと言って、その指輪を薬指にはめて、それがちょうどよく千津さんの指にあって、『これ、わたしのだったらいいのに』と、とても羨ましがられたの」

昭大と由里をつれた尚子は、近くの宝飾店に入った。この店も直次が指輪を誂えた店のようだ。

昭大は千津との待ち合わせ場所を、小石川後楽園とした。もっと静かな場所と思ったのだけれど、昭大はこの後、秋の木々を眺め、秋草を探すのもいいだろうという計画があった。

午前十一時、昭大と千津は小石川後楽園の入り口で出会うことができた。

昭大が千津と顔を合わせた時に挨拶よりも先に聞いたことは、

「千津さん、何月生まれですか?」

千津はちょっとびっくりしたが、

「わたしの生まれ月は五月です」

「五月はエメラルドですね。――誕生石を千津さんにプレゼントします。わたしは千津さんと結婚したいと思っています」

ここで昭大から指輪を渡されるのかとどぎまぎした。

「千津さん、ここまで来たのですから、園内を散策しましょう。ここも素晴らしい庭園ですよ」

園内を歩いて、二人は静かな場所に腰を下ろした。

「さあ、千津さん、準備は整いました。ホテルのレストランでもと思ったのですが、ここ素晴らしいでしょう。紅葉した木々に囲まれ、あちらには芒の穂もちらちら見えます。――千津さん、お話があります」

二人は気分も落ち着いてきた。昭大はポケットから件（くだん）の包みを取り出して、改まった口調で千津に言った。

「千津さん、わたしと結婚していただけますか？」

昭大はちょっと恥ずかしかったが、ポケットから出した包みを開けて、小箱を差し出した。

「受け取っていただけますか？　幸せにします」

千津はちょっと躊躇したが、

「はい、お受けいたします。わたくしもあなたを幸せにします」

昭大は箱を開けて、千津の手を取り薬指に、中から出したエメラルドの指輪をはめた。

「後日、ご両親にご挨拶に伺います。ご両親の了解をいただきにまいります。――これで儀式は終わり、さあ、食事に行きましょう」

昭大はこの緊張した場面を早く終わらせてしまいたいと思った。

「ありがとうございます。うちの両親もこれで安心します。それと尚子にも知らせないと――」

これで、昭大の亡くなった両親も、きっと天国で喜んでいるだろう。これでもう夜中に起こされることもないだろう。

「千津さん、わたしの父と母のお墓に行っていただけますか？」

「はい。わたしの父と母に挨拶に来てくださるように、わたしも昭大さんのご両親にご挨拶に行きます」

テーブルに食事の用意ができた。二人は窓から見える街の風景を楽しみながら食事を始めた。昭大も千津も幸福感でいっぱいだった。

「今度、花田先生の〈植物を探る会〉は野外ではなく、新宿の公会堂の一室を借りて行います。ぜひ、尚子さんを誘ってお出でください」

「今までと違った趣向ですか」

「そうですね。本来ならば初めに計画されることだったかも知れません」

「楽しみですね。少しは自然がわかってきたような気がします。尚子も絶対に誘います」

二人は、昭大の夢、千津の夢を語り合い、将来へ向かって第一歩を踏み出した。

七　瓶の中

昭大は今も夜中、母に起こされることがある。でも以前のように慌てて起きることはない。それは、母が繰り返し言っていることがわかってきたからだ。

「大きな石の鳥居と石の長い階段」。これは父省吾と母芳子が生まれ育った街の鎮守様のことだったのだ。昭大はすっかり都会に染まってしまったようで、自分の生まれ育った所を忘れてしまっていたのだ。

母に起こされた時、

「母さん、『大きな石の――』、どこだかわかったから、後で一緒に行こうね。鎮守様も待っているよ」

と何度となく言ったが、まだ時々夜中に起こされるのは、まだ解決されないことがあるのだろうか。

*

お彼岸に昭大は仏壇の掃除をした。仏壇の下にある引き出しの中に何か入っている気がして引き出してみると、母芳子が子どもの頃にいただいたお年玉の袋や祖母の写真などが出てきた。

その中にちょっと不思議なものを見つけた。メモ帳の一枚に子どもの字で何か書いてある。

「鎮守様の森の木の下、ジャムの瓶」

なんのことを言っているのだろう。昭大は暫くそのメモを見つめていた。そのうちに昭大の子どもの頃が思い出されてきた。


昭大をはじめ男子たちは、鎮守様の森で「宝探しのゲーム」をした。どこに宝物を隠そうかとみんな苦心をした。

昭大もあちらこちらと探し回った。そんな時、石段の三番目の踊り場の横の森に、一本の紅葉の木があるのを見て、その木の下に宝を埋めた。土を掘っていくと、土の中からジャム瓶が出てきた。昭大は何が出てきたのだろうと、瓶の蓋を苦心して開けてみた。中には何か紙が入っていて、文字が書いてあるようだ。時間が経っているようで、文字も薄れていて、何が書いてあるのか読めなかった。

「〇〇〇、結婚し〇〇〇。――何だい、この瓶」

塵として捨てることもできず、そのまま土の中に埋めた。その時に蓋をしたのかはさだかではない。

（あれが母が木の下に埋めたという、ジャムの瓶なのかも知れない。母はこの瓶を心配していたのか。あの瓶はぼくが開けてしまったよと言ったら、母はどう言うだろう。今度起こしに来たら話をしようか。どんな顔をして聞いてくれるだろうか。この話を聞いたら、母は安心して父と一緒に天からぼくたちを見守ってくれるだろうか。そうだ、もう一つ嬉しい知らせがあったのだ。まだ、ご両親にはご挨拶していないけれど、『千津さんと結婚をします』と伝えたら、父も母も本当に安堵してくれるだろうか。父と母に、そしてむこんちのお父ちゃんに報告をしなくては――。心配をしてくれていた花田先生にも報告をして、学生が休みのうちに休暇をいただいて、鎮守様の森に行ってこよう）

その夜、やはり母は昭大を起こしに来た。

「母さん、何？」

昭大は眠い目をこすりながら起き上がり、見えない母の方を見た。

「母さん、今日ね、千津さんとの結婚の約束をしたよ。千津さんは快く受けてくれました。後でお墓に行って父さん母さんにちゃんと報告をします。それとむこんちのお父ちゃん、翔一伯父さんにも——」

見えないけれど昭大には、母の嬉しそうな顔が見える。だが、まだ母はそこにいるようだ。

「母さん、まだ何かあるの？ ——ああ、瓶のこと。お母さんたちが育った街の、鎮守様の石段の踊り場近くに埋めた瓶、あれね、ぼくが子どもの頃にもう見つけていたよ。そして中も見ている。でも、中は見たけれど、何が書いてあるかわからなかった。瓶はあると思うけれど、中の紙切れはもうきっと読めないよ。ぼくが蓋をしなかったと思うから——」

母は怒った顔をした。

「子どもだったから、書かれている意味なんてわからなかったよ」

「なに？ 千津さんはどんなお嬢さんかって？ 中学校の教師をしています。北千住にご両親と妹の四人で暮らしている。今までにも結婚話はあったようですが、なかなかそういう気持ちにならなかったようです。ぼくが花田先生のお手伝いでやっている〈植物を探る会〉に、尚子さんと参加してくれて、何度か会ううちに、お互いに気持ちが……母さん、もういいでしょう、眠いよ。今度の〈植物を探る会〉の計画もしなくてはならないから……」

母は納得したのかどうかわからなかったが、仏壇の中に帰っていったようだ。

*

夏休みが終わるのもあと数日に迫っている。花田の教室で学生たちの講義資料作成の準備を手伝って、忙しい日々が続いた。そして昭大は授業が始まって少し余裕ができた頃、千津に母の瓶の話をしておこうと思った。今になってみると子どもの頃にあった楽しい思い出なのだ。

秋分の日、昭大は千津を誘って市村家を訪ねた。故郷の街は、昭大が母と暮らしていた頃から、随分と変わっていた。父と母が営んでいた雑貨店は跡形もなくなって、駐車場になっていた。

「この街も、わたしが住んでいた頃とは随分と変わりました。変わらないでいてほしいものもありますがね」

「わたしたちも自分では気付かないうちに変わっていくのでしょうね」

昭大は初めて見る街のように、辺りを見回していた。

「ぼくたちが鎮守様の森と呼んでいた、あの森も変わったのかな。鎮守様の森には、いろいろと思い出があるのです」

「その思い出の鎮守様に、連れて行ってくれるのでしょう」

「そうだね。この鎮守様に行く前に、むこんちのお父ちゃんと呼んでいた市村家に行きます。むこんちのお父ちゃんはまだ健在です。むこんちのお父ちゃんというのは、『むこうの家のお父さん』という意味で、わたしの父亡き後、父のようにわたしたち兄弟の面倒をみてくれた伯父です。その伯父にわたしたちの結婚を報告したいのです」

昭大と千津は市村家を訪れた。

「こちらにいるのが、今度わたしが結婚する内田千津さんです。ご挨拶に来ました」

「内田千津です。末永くよろしくお願いいたします」

翔一伯父は目を細めて、二人を見ていた。

「いつまでも幸せに――。いいお嫁さんが見付かったね」

昭大と千津は顔を見つめ合い、頷き合った。

「お父さんとお母さんには報告したのかい?」

「これから父母のところへ行って、千津さんを紹介してきます。きっとよいお嫁さんが決まったと喜んでくれると思います。残念だったのは、わたしたちの住んでいた家がなくなっていることです」

「そうだな。街の方でもいろいろと……発展を願っているのだけれどな——」

昭大と千津は翔一伯父の元を辞して、初めて来た街の中を歩くような気分で、父母の墓地に来た。

「お父さん、お母さん、こんにちは。今日はぼくのお嫁さんになる人を連れてきました。内田千津さんです。ぼくも一人前になれそうです。お父さん、お母さんにやっと安心してもらえそうです」

「お父様、お母様、内田千津です。昭大さんとこれから幸福に暮らしていきます。どうぞ見守ってください」

二人は先祖の墓前で誓い合った。二人が香炉に点した線香の煙が、空高く上っていった。父と母が安心をして天に帰っていったのかも知れない。

昭大と千津は、翔一伯父さんの所のお墓もお参りして、鎮守様に行くことにした。

「鎮守様の石段は長いから、千津さん、上まで上れるか心配だ」

と、昭大は千津に冗談半分に言った。

「わたしは大丈夫、上まで上りきるわ。わたしの力を見せてあげる」

昭大が軽口で言ったのを、千津は本気にして石段を上りだした。後ろからついていく昭大は少し心配になった。第二の踊り場に来た時、昭大は千津を呼び止めた。真剣に階段と格闘をしていた千津は、

「何よ、どうしたの？　昭大さんの方が疲れてしまったの？」

「いや、そうではないのだ。ここの場所に母さんの秘密があったのだよ。ここの場所は母さんの、ずうっと持ち続けた気持ちが残っている所なのだ。それをぼくが……」

昭大は悲しい気分になってきた。千津はそれを見て何事だろうと、上りかけていた足を戻し、昭大の傍に寄ってきた。昭大は、千津の手を引いて、踊り場の脇にある森へ入っていった。千津は「なに」と思ったが、昭大に引かれるまま森へ足を踏み込んだ。

「ここに、母さんが秘密にしておきたかったものがあった。母さんが小学六年生の卒業式の時に、手紙を入れてここに埋めた。月日が経って、それを子どもだったぼくが、土の中から掘り出してしまった。悪気があって掘り出したのではなくて、子どもの遊びで宝探し

をしていて、偶然に掘り当ててしまったのだ。中にあった手紙も意味がわからずに、そのまま元に戻した。母さんは暫く手紙を埋めたことを忘れていたようだ」

「それを、お母様はいつ思い出されたの？」

「いつだかははっきりとしないけれど、ぼくが夜中に起こされると、『大きな石に鳥居と長い石段』と言って、早く探してと言っていた。ぼくも瓶を掘り出したことなど、すっかりと忘れていたので、どこのことを言っているのか、探したけれど――。ここの鎮守様の鳥居と石段を忘れていた」

「どうしてここだと気が付いたの」

「それはきみと新宿御苑に行った時、きみが芒の穂の話をした時、その時にここを思い出したのだ。ここも十五夜が近づくと芒がたくさん出てくる。あの時、ぼくが声を上げたのをきみは不思議に思ったのではない？」

「ええ、何だろうと思ったわ。そうだったの、よかったわ。お母さんが秘密にしていたことが、秘密ではなくなったのね」

千津は、昭大が瓶を埋めたという樹の根元をじっと見ていた。

「昭大さん、ちょっと見て、あの樹の根元……。石みたいなものが土の中から頭を出しているでしょう。陽が当たるときらっと光っている――。あれ瓶ではないかしら」

二人は樹の根元へ近寄った。昭大が棒切れで掘ってみると、見覚えのある瓶が出てきた。たぶん地中に埋められていた瓶が、月日の経つうちに樹の根が成長して、地中の瓶を押し出してきたのだろう。昭大はそれを拾い上げた。上の蓋はすっかり酸化してぼろぼろになっている。中に入っていたというメモ書きはなかった。

昭大は瓶を手水所で綺麗に洗い、千津の出したティッシュペーパーで包んで、祈りを込めて塵集積場に捨てた。


二人はまた石の階段を上っていった。鎮守様の境内に出た。広場の周りに植えられている青々とした木々からは、蝉の声も聞こえてくる。秋分というのにまだまだ暑い日が続きそうだ。

鎮守様に拝礼をしてから、石の柱でできた囲いまで来て、樹の陰で一休みした。千津は汗を拭い目を上げると、

「ここから富士山の頭が見えるわ。ここは見晴らしがいいわ。街も一望に見渡せる」

「中央にあるのが鎮守様、その横にいらっしゃるのが織姫さんです」

石段を上がってきた子ども連れの女性から、

「市村さん？　昭大さん？」

と声を掛けられた。昭大はびっくりして振り返った。誰だろうと思いを巡らせた。

「わたしよ、忘れた？　小学、中学と同じクラスで勉強した八百屋の愛ちゃん、森愛です。今は結婚したから森で――」

「ああ、愛ちゃん、森愛さんですか。お久しぶりです、お元気でなによりです」

「なにを気取っているの、悪餓鬼なのに――。わたしなど随分泣かされたものよ。あ、こちらにいらっしゃる方、昭大さんのいい人？　余計なことを言ってごめんなさい」

「わたくしは内田千津と言います。お子さん、可愛いですね、何歳ですか？」

「悪戯ざかりで――四歳になります。仁ちゃん、ご挨拶は？」

「仁ちゃん、こんにちは。鎮守様の石段、長くて大変だったでしょう。一人で上れましたか？」

「うん、一人で上ってきたよ」

「あそこに富士山が見えるよ」

「そうですね、空が今日みたいに澄んでいると、くっきり見えるのです」

二十年振りぐらいに会った友人と、積もる話はたくさんにあるが、

「愛さん、鎮守様に何か用事があるのでしょう」

「用事を忘れるところでした。また会いたいな」

「そうですね、また会いましょう」

「森さん、失礼しました。またお会いできる日を楽しみにしています」


愛は仁の手を引いて、社に向かった。昭大と千津はそれを見送り、日照りの中、石段を下りて行った。途中で、また第二の踊り場で昭大は足を止めた。

「昭大さん、何かあるの?」

「さっきの樹の根元を見てごらん。春の七草の時にゴギョウでみんなに紹介した野草が、あの樹の根元にある。ここではハハコグサと言うのだよ」

「ああ、やっと元の昭大さんに戻ってくれた。ここには他にどんな野草が生えているのかしら?」

「この鎮守様の森を探索したいけれど、今日のところは終わりにしよう。暗くならないうちに帰らないと、ご両親が心配するから……」

駅前に出て二人は足の疲れをとるため、カフェに寄った。店内は空いていて、二人は窓際の席についた。

「おい、昭大」

奥の方に座っていた男が立ち上がって、二人に近づいてきた。昭大も立ち上がり、

「やあ、邦男、久しぶり」

高校生の時の親友、小和田邦男だ。邦男は千津に会釈をして昭大の隣へ座った。

「マスター、ぼくの、ここへ持ってきておくれ。二人は何を頼んだの？」

「千津さん、何がいい？」

「ブレンドでいいわ」

「マスター、ブレンドを三つ」

「邦男、鎮守様に行ってきたよ。いろいろと思い出すものがあったよ。高校生時代は楽しかったな」

「今も思い出すのは、その時の友だちのことばかりだよ。――こちらは昭大のいい人？」

「こちらは内田千津さんです。今度結婚するよ」

「へえ、それはおめでとう。昭大もやっと腹を決めたか。他の友だちも心配していた。よ

かった」

その後、少しだけ昭大と邦男は二人だけがわかる話をして笑い合った。しかし昭大は千津を気遣って、腰を上げた。

「邦男、楽しかったよ。そろそろ帰るよ」

「お友だちってよいものですね」

「結婚式には呼んでくれよ」

邦男はカフェの入り口まで二人を見送ってくれた。

北千住駅に着くと、千津はタクシーで帰るからと言って、昭大は駅の入り口でタクシーに乗ったのを確認して別れた。

昭大は電車に揺られながら、今までの人生で楽しかったこと、苦しいと思ったこと、悔しいと泣いたことなど、次から次と頭を過ぎっていった。

(これが『追憶』というものか。まだまだ長い人生だ。もっともっと『追憶』を重ねていくだろう)

八　植物の会

花田が前に立ち、挨拶が始まった。今日は公会堂の一室を借りて、「植物を探る会」の初めての室内での集まりだ。

「皆さん、こんにちは。室内での集いに、戸惑いを覚えた人もおられると思いますが、これも植物を探るために大切なことなのです。今日、わたしは脇に控えています。市村くんに全部任せます、ご期待ください。——市村くん、どうぞ」

花田が昭大を紹介してくれた。

「市村昭大です。今日は大変な役を引き受けました。今までの〈植物を探る会〉は野や山、河原など戸外でしたが、今回はそれを纏めてみました。前回までに『春の七草』『秋の七草』などを探す勉強をしてきましたが、植物とは草だけではありませんね。樹木があります。それにあまり触れたくないものですが、菌類もあります。今日は菌類には触れません」

昭大が合図を送ると、正面のスクリーンに画面が出てきた。

「これは何だかわかりますか?」

スクリーンには、秋の植物が映っている。会場は少しざわめいた。

「これはハハコグサです。頭に黄色の花が密についています。これはハハコグサと言いましたが、別名があります。知っている人いますか？」

　参加者の中から手が上がった。

「ゴギョウまたはオギョウと言うのではないですか」

「そうです。春の七草で、セリ、ナズナ、ゴギョウ、ハコベラ、ホトケノザ、スズナ、スズシロと覚えましたね。そのゴギョウ、またはオギョウです。このように同じものでも変化してきます。そしてもう一つ呼び名があります。ヨモギと言います」

　その時、遅れて会場に入ってきた女性があった。昭大は驚いて動きが止まってしまった。花田も立ち上がっている。松本美代子が参加したのだ。福寿草のことがあって顔を見せなくなっていた人物だ。

「遅くなりまして……」

　と挨拶をして、空いている席に腰を下ろした。

　スクリーンは画面が変わって、イチジクの樹と葉が映し出された。

「これは知っていますね。家庭果樹でなじみのイチジクです。でも昔はこの樹を庭に植えるのは嫌いました」

「わたしの家でも、病人が出るから駄目と言って、古くからあった樹を切ってしまいました」

「そうなんです。わたしの家でも母がお嫁に来た時に、子どもができないと困ると言って、お祖父さんが切ってしまったそうです。迷信なのでしょうか？」

今日の参加者は二十数人で、三十代から五十代の女性が大半だ。「植物を探る会」は基本的に日曜日の開催なので、参加しやすいのかも知れない。その中に常連の義妹の尚子もいた。

「市村先生、イチジクは欧州のブドウと同じくらいに、栽培の歴史は古いのでしょう」

「そうなのです。気が付かれた人も何人かいたようですが、葉が大きいでしょう。アダムとイブがエデンの園から追放された時に、男と女であることに気付き、イチジクの葉で身をかくしたのです」

「ファッションの始まりですね」

美代子がぽつりと言った。場内からは、はあという声がもれてきた。

「そうかも知れません。彫刻で人物を彫る時、イチジクの葉で前を覆っていますね。イチジクの葉は、お風呂に入れると神経痛に効くと言われています」

画面が変わって、ウメモドキが映った。

「これは何でしょう『梅の木に見せびらかすや梅もどき』。一茶の句を紹介しました。紅く色づいて、葉がなくなった後も枝いっぱいに残って、霜の朝など朝日に輝いている姿は素晴らしいですね」

次に秋と言えば、すぐに頭に浮かぶコスモスが映った。

「秋には欠かせない花ですね。日本の秋の象徴と言えます」

画面は次々に変わって、露草、萩、葉鶏頭、彼岸花、紫式部、竜胆、桔梗などが、次々に映し出されると感嘆の声が上がった。

「それでは秋の味覚の蜜柑とアケビを映します」

初めに画面に映し出されたのは、蜜柑だった。

「はやどりのものがスーパーにはもう並んでいますね。蜜柑です」

画面は遠景から、蜜柑の実に焦点を合わせてきた。

「蜜柑は冬の果物の代表ですが、秋の終わりから青い蜜柑が枝にたわわに実って、『みかんの花咲く丘』を思い出します」

参加者は思い思いに、隣の人と話し出した。

画面が変わって、アケビが映しだされた。会場では思いがけない果実が映ったので、声が上がった。

「日本各地の山野に自生する、アケビつる草です。アケビは秋の風物誌ですが、葉のみずみずしい夏も、蔓の絡み合う冬もいいものです。半透明の寒天状の果実は、昔の農山村ではお菓子代わりでした。また、古代には無病延命の果実として、朝廷に献上されたと言います。アケビの蔓はアケビ細工の材料で、籠に編んだりします。また、長野県の郷土玩具『鳩車』がありますね。果物屋に並んでいるのは、自生のアケビでなく、たぶん栽培されたアケビでしょう」

「わたし、アケビ大好き」

「子どもの頃、山に遊びに行って、小さなアケビを採ったのを思い出すよ」

「種がたくさんあって、その種を飛ばしっこしたね」

「昔を思い出したところで、今日の会はここまでにします。もう一度写真を出しますので、どうぞご覧ください」

昭大は正面から下がった。花田は笑顔で昭大を迎えてくれた。そこへ美代子が近づいてきた。

「花田先生、市村さん、大変にご無沙汰いたしました。またご迷惑もかけたと思います」

と、挨拶をしてきた。

年配の男性が、みんなに声を掛けた。

「皆さん、ここまで来たのですから、新宿御苑に寄っていきませんか？　アケビの実物が見られるかも知れないよ」

何人かが賛同して行くことになったようだ。

「芒の穂はまだ早いので出ていないでしょうが、芒のまっすぐに伸びた姿を見てきてください」

昭大は部屋を出て行く人たちに声を掛けた。

花田は美代子に聞いた。

「体の具合でも悪くしたのかと心配しました。元気そうだね。中村くんとは……」

「はい、結婚しました。内々の式でしたので、先生にもお話をしませんでした。今日はその報告をしようと思い、この会に出てきました。またよろしくお願いします」

昭大もそばで話を聞いていて、よかったと胸を撫で下ろした。尚子も三人のところに来た。

「昭大さん、お疲れ様でした。資料集め、大変でしたね」

「花田先生の助言がありましたので、なんとかできました。先生、改めてお礼を申し上げます。ありがとうございました」

「市村君、君の実力だよ。これからもこの会を盛り上げていってくれよな」


「さあ、下のカフェで、コーヒーでも飲もうよ。美代子さんも尚子さんもいいだろう？」

コーヒーとケーキを前にして、四人のご苦労様会が始まった。

「先生はビールがよかったですか」

「そんなことはないよ、これで十分。それにそっちは後であるだろう。それより今回の〈植物を探る会〉はとてもよかったよ。市村くん、よく調べたね」

花田から次の会も期待する言葉をいただいた。昭大はここに千津のいないのが、少し不満だった。

「どうした、市村」

花田から声を掛けられた。

「はっ、いいえ、ちょっと考え事をしていたものですから――。先生、こちらはもう何回も会に参加している、義妹の市村尚子さんです。有力な賛同者です」

「よろしくお願いします。また、これからも義兄を応援してください」

尚子は丁寧に頭を下げた。

「市村くん、次の会にはどんな計画を？」

「植物も次の春のために土の中で準備をしている頃、元気に青い葉や実を見せている植物もあります。そんな植物を探してみてはどうでしょう」

尚子が美代子の顔を見ながら、

「そういえば、わたしの家の隣に、冬になると垣根に赤いサザンカの花が咲いて、とても綺麗です」

「わたしの家の近くは、宅地の造成地区らしく、その宅地の中に、白いオミナエシのような花がたくさん咲いています。それはオミナエシですか？」

「それは、オトコシエではないでしょうか。冬の植物を探るのも面白いですね」

あちらこちらで見たことがある、樹木や草花を少しでも知ってもらい、大切に育てていく啓蒙は、植物を学んだ者の使命と昭大は強く感じた。

尚子と美代子に別れた後、花田と昭大の二人は、駅前の飲み屋で軽く呑んで、ご苦労さん会をした。
家に帰り落ち着いたところで、冬の植物にはどんなものがあるだろうと調べてみた。
・あおき
・なんてん
・やつで
・ゆずりは
・だいだい
・ろうばい
・たちばな
・さざんか
・つばき
・すいせん
・だいこん
こんなものが考えられた。

床に就く前に千津に電話をしようと思っていると、千津から電話が来た。

「今日は学校の用事があって、会に行けませんでした。ごめんなさい。今日の会はどうでしたか？　昭大さんのお話なのでとても聞きたかったのですが……。昭大さんからの婚約指輪、とても素晴らしいと、皆さんが羨ましがっています」

「千津さん、早く結婚したいね」

「わたしの両親も、来春が待ち遠しいと言っているわ」

「学校は辞めないでおくれ」

「暫くは共稼ぎよ。不自由なことがあると思うけれど、お互いに頑張っていきましょう」

「うん、二人のためにね――」

「では、おやすみなさい。明日も元気でね」

電話が終わり、少し興奮気味で床に就いた。

九　父の願い

昭大は昼間の興奮と電話で、少し寝つきが悪かったが、ようやく眠りに入った。今夜は母に起こされることもないだろう。

ぐっすりと寝た翌朝、東の窓のカーテンの隙間から、朝日が射してきた。これも母の起こしの日課だったのを思い出す。

久しぶりに仏壇の掃除でもしようと、お水を供え、お線香を上げると、線香の煙がまっすぐに立ち上り、父と母の遺影を包んだ。すると、父の顔に変化が見られた。母はいつものように微笑んでいるのに、毅然としていた父の顔は、いつも見る顔と違って、少し悲しそうに見えた。昭大は何かあるのかな、と父に話しかけた。

「お父さん、何か言いたいことがあるの？」

写真の父は、悲しそうな顔で昭大を見ていた。その時、昭大は何もしていないのに、鈴が「チン」と鳴った。

「お父さん、言いたいことがあったら、知らせてください。母さんの時のように時間がかかっても、きっとよい結果をお知らせします」

朝の食事をしながら、父の「追憶」は何があるだろうと考えた。海水浴に行ったらしいが、昭大はあまり覚えていない。後は父の容態が悪くなって、病院ではしゃぎ回って、父に叱られたことは微かに覚えている。その病院でのことで何かあるのかも知れないと考えた。

さて、病院で何があったのだろう。父が昭大や直次を叱ったことを今になって悩むことはないだろう。

（そうだ、あの時、父は母に創作手帳を持ってきてくれと頼んでいた。あの手帳は今ぼくの手元にある。病床にいて手帳が必要になったのは、創作意欲があったからだろう。でも、その手帳には短歌が一編と詩が一編だけだった。この手帳を昭大は大切に持っている。そうすると、手帳に書かれている短歌に何かあるのか。もう一度短歌を読み返してみよう）

ことさらに　声高らかに　はなやけど
心は亦も　寂しさを呼ぶ
よ志き

初めに読んだ時には、父の母に対する恋心だと思ったのだが、それだけではないようだ。病院で昭大と直次がはしゃぎ回ったことも関係あるようだ。「声高らかにはなやけど」、これは昭大や直次のことを言っているのではないか。また、「寂しさを呼ぶ」は自分の将来を思ってのことかも知れない。こう考えてくると、昭大や直次の声も、自分のこれからを思うと、聞くこともできない。

そうなると、今まで昭大は単に鎮守様の森で、秋の様子を詠んだものと思っていたが、詩にも別の意味があったのだ。表面的に解釈したものではない、もっと深い意味があるのかも知れない。

（母さんは、この詩を見てどう思っていたのだろう）

母は父亡き後、父と母の両方の役目を背負い、懸命に父の残した雑貨屋を営み、昭大と直次を育ててきた。本家の翔一伯父さんにも随分とお世話になったようだ。母は父の残したこの短歌を、十分ではないにしても理解していたのだ。だから再婚もせず、父の寂しさを少しでも知ろうと頑張ってきたのだろう。

（むこんちのお父ちゃんにこの短歌を見せてみようか。何と言うだろう。いや父と母との固い絆として、このまま自分だけで大切にもっていよう――）

午後になって千津から電話があった。

（そうだ、千津にも父の短歌を見せて、一緒に考えてもらおう。これから、亡くなっているけれど父の娘になるのだから、結婚式はまだだけど、親子の絆を深めることができるかも知れない）

新宿の公会堂前で待ち合わせた。昭大が入り口で待っていると、ほどなく千津も現れた。

「この間の〈植物を探る会〉は参加できなくて残念でした。とてもいい会だったと尚子さんから伺いました」

「お昼はまだなのだろう。何を食べようか、何でもいいよ。あまり高いものは駄目だよ」

「そうよね、これからは節約でいかないとね。フフフ」

昭大も釣られて笑ってしまった。

窓際の席に案内されて昼食を注文して、二人は自然と窓の外を眺めた。新宿御苑が展望できた。

「昭大さんがお話しした植物が、この御苑にはあるのでしょう」

「ええ、たくさんありますよ。でも、立ち入り禁止の所があちこちにあるので、気を付けないとお縄になりますよ」

「いろいろと秋の植物があるのでしょうね」

「千津さん、これを見てください」

昭大はカバンから、父の創作手帳を取り出した。

「この短歌を詠んでください」

千津の前に広げた。千津はその短歌を小さな声で読んだ。

「『ことさらに　声高らかに　はなやけど　心は亦も　寂しさを呼ぶ』。……これは誰の作品ですか。寂しい詩ですね。秋を詠んだ短歌なのでしょう」

「そうだね。父の故郷……千津さんもこの間行ったね。たぶんあの鎮守様の森で父が詠んだものだと思う。父が鎮守様の森へ行った時に何か感動にかられて、そこで詠んで、母やわたしたち兄弟に残した短歌だと思うのだけど……」

「それで、この短歌がどうだというの?」

「ぼくは六歳の時に父を亡くしたので、父との思い出というものがあまりないのだよ。あまり幼くて、父とどんな話をしたかなども覚えていない。前に母の想いをどうにか解決をした。これでよかったと安心していたのだけれど、今度は父の想いを解決しなくてはならないようなことが起きた。いつも端正な顔で写っていた父の写真が、少し悲しそうに見えてきた。父が何か言いたいことがあるようで……」

「それで、この短歌なのね」

「そうなのだ。唯一、ぼくの手元にある、解決の糸口かも知れない」

「それだったら、あの鎮守様の森へ行ってみるしかないのではないの」

「ぼくもそれを考えてみた」

「行ってらっしゃいよ。朝の森と夕方の森を感じてくると、解決の糸口になるのではないの」

「そうだな。行ってこようか」

「でも、わたしは思うの。お父様にお目にかかることは叶いませんが、本当にお父様は、この短歌から何かを伝えようとしているのでしょうか？」

「あまりにも父の創作した短歌をいじり回したかな。とにかく鎮守様の森へ行ってみるよ。そして父の友人にも会ってこよう」

「大学もあることですから、あまり無理をしないでください」

千津は言い過ぎたかも知れないと思ったが、昭大の気の済むまでやってみて、何の変わりもなく済めば、それでいいと外から見守ることにした。

「お母さんの『石の鳥居――』と同じように解決できるといいですね」

「そうなのだ。ここに出ている鳥の声というのは、鎮守様の森でというのが一番合っていると思う」

「お母様と同じように、鎮守様は生活の一部だったのでしょうから……」

春に結婚を控えている時期、少しでも昭大の気持ちを安らげようという、千津が昭大にできる思いやりなのかも知れない。

*

昭大は休みをもらい、鎮守様の森へ出かけた。翔一伯父さんに挨拶と思ったが、翔一伯父さんの考えを聞くと、また自分の考えがぐらつくことがあるかも知れないと思い、市村家には寄らないことにした。

昭大は初めに夕方の鎮守様の森へ行ってみた。夕暮れた石段を上り境内に入った。まだ何人かの参拝者が見えたが、日が落ちるにつれて、人影がなくなってきた。

すると、鋭い烏の鳴き声が響いてきた。

〈ねぐらに帰ってきたという安心の鳴き声なのか。『烏なぜ鳴くの、烏は山へ……』という童謡がある。父はこの鋭く鳴いた烏の声に反応したのか。烏の鳴き声の後は、また静寂が戻ってきた。この後の静寂を父は寂しいと詠んだのか……）

暗くなると、長い石段は危険になってくる。石段の踊り場には外灯もあるが、この灯りだけではやはり危険である。

石段を下り、大鳥居を出て、駅前のホテルに宿泊した。街の中心は賑わっているが、以前、昭大たちの住んでいた所は開発途中なのか、静かな空間に感じた。

翌朝、朝日が街を照らし、静かな朝がやってきた。朝食前に昭大は鎮守様の森へ出かけた。境内に入り鎮守様にお参りをして、朝日の見える東側のベンチに腰を下ろした。だんだんに辺りが明るくなり、すずめの鳴き声がしてきた。時々この森に棲んでいるのか、昭大の知らない野鳥の声も混じっている。鳥の鳴き声もするのだが、昨夕のような鋭い声は聞こえてこない。

すずめの「ちゅんちゅん」という、暫く聞いていない声に、ここに住んでいた頃のことを思い出してきた。父の短歌に出てくる「声高らかに」というのは、夕方の鳥の鳴き声だと思った。

何気なく石段の方を見た昭大は、石段を上ってきた老人を見た。昭大がこれから訪ねようとしている、父の友人寺沢幸彦だ。幸彦はまっすぐに神殿に向かい、熱心にお願い事をしている。お参りが済んで、境内に戻ってきた寺沢に、昭大は声を掛けた。

「幸彦おじさんですか？　わたしは市村昭大です。お元気でなによりです」

「市村昭大……昭大さん。久しぶりだね、随分立派になられて、今日は何かあるのかな」

「ちょっと父のことで知りたいことがあるのです。父の親友だった幸彦おじさんだったらご存じかと……」

「なんだろうな、昔のことは忘れてきているからな。昭ちゃんのことだから、頭を使うか」

「ありがとうございます」

「そうだ、朝飯はまだだろう。わたしも家に帰ってだから、一緒に食べよう。ホテルへ帰って、清算をしてこいよ」

幸彦はもう歩き出していた。せっかちなのは昭大の知っている子どもの時分からだった。

寺沢幸彦は学校を卒業して、暫く青果市場に勤めていたが、その後、自分で店を開いた。場所もよかったのか店は繁盛した。息子も成人して、幸彦から店を引き継いだ。そしてスーパーマーケットに替わった。

昭大は幸彦に言われたとおりに、ホテルの清算を済ませ、寺沢の家に行ってみた。スーパーはまだ開店はしていないけれど、店の中では店員たちが忙しく立ち働いている様子が覗える。スーパーの裏手に回ってみると、垣根に囲まれた瀟洒な和風の住宅があった。

昭大は表札を確かめて声を掛けた。

「ごめんください。市村です」

待ち構えていたのか、すぐに戸が開いて、幸彦の細君が顔を見せた。お互いに顔馴染みだ。

「さあさあ、お父さんもお待ちかねよ。挨拶は後でいいわね」

昭大は挨拶する間もなく奥へ通された。奥の座卓にはもう幸彦が座っている。昭大に座布団をすすめ、座卓の前に座らせた。細君がお茶を持ってきて、改めて挨拶をした。

「市村さん、大変にご無沙汰をしておりました。暫く見ないうちに随分とご立派になられて、亡くなられたご両親もさぞご満足でしょう」

「今日は突然お伺いしまして、ご迷惑ではありませんか？　また、朝食のご接待まで申し訳ありません」

「挨拶はもういいよ。腹が空いてきたよ。早く朝飯の用意をしてくれ」

用意はできているようで、すぐに朝食が運ばれてきた。

「昭大さんよ、朝のご飯なんて久しぶりだろう」

「そうですね。いつもトーストに牛乳、それにヨーグルトと果物です。——おいしそうですね。いただきます」

座卓には、細君心尽くしの食事が並んだ。昭大には久しぶりの味噌汁や漬物、焼き魚が並んでいる。

「さあ、おあがりください。お代わりもありますからね」

昭大は一口ご飯を口に入れて、一緒に食事をする人がいるとこんなに旨いものなのか、とご飯を噛み締めた。

食事が済んで座を変えると、昭大は例の創作手帳のことを話した。幸彦から、

「わたしには不思議なのだけれど……省吾の創作した短歌が一編だけというのは……そんなことはないよ」

「そうなのですか。わたしの手元にあるのは……」

昭大はカバンから出した父の創作手帳を幸彦に見せた。幸彦はそれを受け取り、手帳をしげしげと見ていた。中を開け、父の書いた短歌を読み出した。

ことさらに　声高らかに　はなやけど
心は亦も　寂しさを呼ぶ
よ志き

「この『よ志き』は懐かしいね」

手帳をめくっていたが、短歌と詩の他には何も見付からない。

「省吾は四季雑詠といって、わたしに四季折々に創作した俳句を見せてくれた。ここは四季の美しい所だからね」

昭大も四季の変化は知っている。

春には桜の季節。鎮守様の境内にも桜が咲き誇るが、街の北の方へ行くと袋川という運河が流れていて、その川岸に桜の樹が並木になっており、花霞となって街の人たちを楽しませていた。省吾はこの花霞の様子も俳句にしていたという。

夏には、利根川の支流が流れる河原で、花火大会が商工会議所の企画で夜の空を美しく染めた。

秋には鎮守様と合祀されている織姫さんのお祭りがあり、紅葉の赤と公孫樹の黄色で、鎮守様の森が燃え立つようだ。その下には芒の穂が白い波になっている。

冬は、この地方にはあまり雪が降らないのだが、雪が降ると鎮守様の森が白一色になって、幻想的な風景が広がってくる。子どもたちはここで雪だるまを作ったり、雪投げをしたりして遊んだ。子供の昭大も美しいなあと感嘆した。

「省吾は、足が悪くなっても、あちらこちら街の中を歩き回って、吟行していたな」

「では、これもその四季吟行の一つなのですね」

「そうだな。春ということだと思うよ」

「春ですか？　秋ではないのですね」

「そうだよ。春の短歌ということで、読ませてもらった記憶がある」

「そうですか。秋の短歌ではないのですね。父の気持ちがわたしには詠みきれてなかったのですね」

「四季吟行だから、夏も秋も冬もあるだろう」

「そうすると、まだ父の吟行した作品があるということですね」

「うん、でも探してみたのだろう」

「母がこの街からわたしの所に来る時、わたしは用事があって荷物の運び出しの時、来られなかったのです」

「そうだな、あの時、荷物の運び出しをしてくれたのは、省吾の甥の一輝さんだった。なぜか荷物の運び出しに懸命になっていて、中に何が入っているのかも確かめず、いくつものダンボール箱を塵として出していた。きっとその中に省吾の作品があったのかも知れないな」

「もし、それが本当ならば残念です。きっとその中に四季吟行が入っていたのでしょうね」

「一輝さんにも聞いてみたら？」

「今となってはどうにもなりませんね。本当のことを父に知らせるしかないですね」

「――省吾もわかってくれるだろう。一編でも、子どもに伝えられたのだから」

「そうですね。これからお墓に行ってきます。そして、状態を知らせるとともに、『ごめんなさい』と謝ってきます」

「わたしは行けないけれど、省吾によろしく言っておくれ。それはそうと、昭大、お前、嫁は貰わないのか。いい人を紹介しようか」

「実は春になったらお知らせしようと思っていたのですが、婚約をいたしました。はっきりと決まりましたら、寺沢さんには出席をしていただきたいと思っております」

「おお、それはよかった。省吾も喜んでいるぞ」

幸彦は奥に向かって「おおい」と声を掛けた。奥から出てきた細君に、

「昭大が嫁を貰うって」

幸彦夫妻は大変に喜んでくれた。


昭大は寺沢家を辞して、父と母のいる墓にお参りをした。なぜか本堂にお参りもしたくなった。本堂は暗く静まりかえっていた。昭大はご本尊の前に座り、瞑目をして「南無妙法蓮華経」と心の中で唱えた。暫く瞑目をしていた昭大の所に、この寺の和尚さんが静かに寄ってきた。静かな足音に目を開けた昭大は、頭を下げて挨拶をした。

「何か願い事でもありますか。どんな願い事でしょうか。きっと仏様は聞いてくださいますよ」

昭大は、父が吟行して創作をした作品を、気付かずに塵と思って出されてしまったということを和尚に話した。

「わたしたちは気付かずにやってしまったことなのですが、大変な失敗で、父に対して取り返しのつかないことをしてしまったのです。それで今日はお詫びに来たのです。許していただけるかどうか……」

「今、あなたは後悔していますね」

「はい。いくら父でも、お詫びだけで許してくださるとは思っていません」

「後悔をすれば罪は消滅すると言います。また、自分の罪過を知っていながら知らんふりをするな、とも言っておられます。自分に言い訳するよりも、目をそらして自身をくらましてしまうことが多いのです。知っていながら知らん顔をしたがる。あなたは自分の失敗を懺悔して、お父さんに謝りました。これでお父様はわかってくれたと思いますよ」

仏様の前で昭大は、仏様の代弁者である和尚さんからの説教で、父がわかってくれたと確信した。


昭大は、残された四季の吟行の一編、「春」の短歌を大切に保存していこうと決意した。そして一緒に考えてくれた千津にも知らせ、二人の宝物にできたらいいなと考えた。

昭大は忙しい日々を送り、幸彦に礼状を出せないままにいた。

一段落したある日、幸彦から手紙が届いた。なんだろうと急いで手紙を開けた。

「昭大、思い出したことがあるので手紙を書いてみた。昭大は秋に詠んだ短歌だと思っていたが、あの時、わたしが春を詠んだ短歌だと教えた。その時には思い出さなかったのだが、省吾の詠んだ鳥は鳥ではなくて『春告げ鳥』なのだ。昭大は『春告げ鳥』というのを知っているね、『うぐいす』。まだ春の初めで鳴き声の練習をしている時期で、声はするけれど——ということだ。あれは省吾の春の吟行で作った短歌だよ」

幸彦も気にしていて、昭大にわざわざ知らせてくれたのだ。

昭大は幸彦に、先日のお礼と父の短歌についての感謝の手紙を書いた。最後に近いうちにまたお会いしたいと追伸をした。

*

昭大と千津は結婚について具体的な相談を始めた。昭大には一つの計画があった。

「千津さん、結婚式について、わたしに計画があるのですが……聞いてください。千津さんのご両親にも了解を得なくてはならないことなのですが——」

昭大はここで大勢の人たちの顔が浮かんできた。

(結婚について、細かなことを千津と相談して決めていこう。翔一伯父さんや父の友人幸彦おじさん、そして亡くなってからも心配して、いつも何かの示唆を与えてくれた父や母にも、安心して昭大と千津を見守ってくれるようにお願いしよう)

昭大は千津が了解してくれたら、あの鎮守様で結婚式を挙げたい。これは昭大の我侭なのだろうか。

「千津さん、びっくりしないで聞いてください。もし希望が叶うならば、あの鎮守様で結婚式を挙げたいと思っている」

千津はちょっとびっくりしたが、昭大の真意は汲み取ってくれた。ただ千津の両親はどう思うだろう。

「家へ帰って、両親に相談しなくては——。わたしは昭大さんの気持ちはよくわかります。わたしはそれでいいと思います」

昭大は、千津の気持ちをはっきりと受け取った。

「きみのご両親には、わたしが話をする。吉日を選んで早いうちに相談に伺う。わたしの両親ときみの両親が揃って、わたしたちの結婚式に参列してくれる、とても素晴らしいことだと思うよ。——さて、話は変わるけれど、わたしの父が作った短歌、春の詩か秋の詩かといろいろ考えてみたけれど、父の友人幸彦おじさんによってはっきりとした」

「どうして、はっきりしたの」

「あの中に出てくる声高らかにというのは、春告げ鳥が鳴いているのだよ。春告げ鳥は知っているだろう。うぐいすやつぐみなどの野鳥がこれから来る春に向かって鳴き声の練習をしているけれど、まだまだ春は遠いということを詠ったのだと、幸彦おじさんに教えてもらったよ」

「あの手帳、大事にしないとね」

「四季の吟行だから、この短歌のほかに、夏、秋、冬とあると思うのだけど、春の短歌しか見付からないのは残念だ」

「そう、残念ね……そう言えば、今年の冬は寒冷前線が発達して寒い日が続くそうよ。風邪をひかないように注意しないと、大変なことになってしまうわ」

昭大は千津を北千住まで送った。

「家に帰ったら、嗽、手洗いをしようね」

秋もそろそろ冬に入ったようだ。街路樹の公孫樹の葉が、帰りを急ぐ人たちの肩に落ちてくる。

昭大は家に帰って、すぐに両親に報告をした。鉦を鳴らすと鉦の余韻が、いつもより長く響いてきた。昭大と千津の結婚式に参加できることを喜んでくれているのだ。

十　千津の願い

朝夕の肌寒さが身に沁みて、木犀の香りがほのかに漂ってくる頃になり、秋の深みと同時に冬が近づいているのを千津は感じた。千津の家からは、四季折々の自然を眺めることができた。忙しさに外を眺めることも忘れていた。庭の木々も窓下の街路樹の並木も色を増して、冬という季節を感じるのだった。

少し余裕が出たのか、絵を描いてみようという気分になった。窓から見える街や街路樹を丹念に描いていった。その時ふと、先日、美術館で観た市村直次の絵を思い出していた。

(言い過ぎかも知れないが、直次さんは絵を描き始めの人、わたしは曲がりなりにも美大で少し勉強をしてきた。負けられない)

こんな意欲が湧いて、頑張って絵を描こうと筆を取った。

「おや、珍しいね、絵を描くの。部屋を汚さないようにね」

千津の部屋を覗いた母が、千津に注意をした。

「はい、わかりました。せいぜい汚さないように気を付けます。でき上がってからびっくりしないようにね」

「結婚の記念作品にするつもり?」

あまり家で絵を描かない千津に、母はちょっぴり皮肉を言った。

千津の集中力は、自分でも駄目だと思うほど続かない。二時間もすれば「やめた」と部屋から出てくるだろうと、母は昼食の用意をして待っていた。

「お姉さん、お腹空かないのかな。呼んでこようか？」

妹由子が呼びに行こうとすると、母は首を振った。

「いいの、今は行かないで。お父さんを呼んできて。お昼にしましょう」

部屋で調べ物でもしていたのか、父が目を擦りながら出てきた。

「千津はどうした？　今日は家にいるといっていたけれど……」

「お父さん、いいの、千津は後で。さあ、お昼にしましょう」

三人は食事を始めた。

「お父さん。今、千津が描き始めた絵、きっと素晴らしいのが仕上がりますよ。楽しみですね」

「おおそうか、結婚の記念だね」

「そうなの。市村さんにいいプレゼントになるわ」

「お姉ちゃんのお婿さん、どんな人？」

食事に夢中になっていた由子が急に言い出した。

「由子だけ、お姉ちゃんのお婿さんに会ってない」

「由子、今度の休みの日に家に来るよ。その時にはお会いできるよ」

「ふん、そう」

由子は興味がなくなったのか、食事に集中した。

「千津はどんな絵を描いているのかな」

父は今にも千津の絵を覗きに行きそうだった。

「お父さん、駄目ですよ。心の趣くまま、心を込めて描いているのですから――」

「そうだな。描き上がりを楽しみにしよう」

由子は友だちが迎えに来て、公園にでも行くのか、遊びに出て行った。それと入れちがいに、千津が部屋に来た。

「お父さん、『追憶』って知っている?」

「なんだ急に。『追憶』って過去のことを思い出すということだろう」

「『追憶』……何か懐かしい言葉だね。一時、流行った歌があったと思うよ」

父も母も話題にのってきた。わたしの両親にも『追憶』と言われるものがあるのだろうか聞いてみたい。わたしには『追憶』というものがない。ロマンチストではないのかも知れない。

「過去のことを思い出すというのは、懐かしくもあり悲しいこともあるね」

「そうなの？　お父さん、わたしに内緒のこともあるのね」

「お母さん、よしなさいよ。今さら、どうということもないだろう」

本気ではないだろうが、両親の口争いになりそうな雰囲気になったので、

「お父さん、お母さん、昭大さんのご両親の『追憶』探しで、わたしは昭大さんの生まれた街の鎮守様に行ってきたの。昭大さんのお父様もお母様もそして昭大さんも、この鎮守様には深い関わり合いがあったの。過去のことを辿ると、朽ち果てていた鎮守様を再建したのは、昭大さんの先祖の方でした。昭大さんの『追憶』は皆この鎮守様に関わっているのよ。――それでここからが本題。昭大さんが吉日を見て、お父さん、お母さんに了解を得るために家に来たいと言っていました」

「千津、お前はその件について理解しているのだろう」

「はい。昭大さんにもわたしにも、それはよいことだと思っています」

「では、よいことではないか」

「詳しくは、昭大さんがお話になるから」

千津は静かに部屋を出て行った。両親はその姿が、今までの千津には見られなかったきりっとした姿に見えた。

「千津もやっと一人前になったな」

「本当に、これでわたしも安心しました」

両親はふっと息を吐いた。

(千津には本当に『追憶』というものがないのだろうか。今までに大きな喜びも、悔しさも、悲しみもないのだろうか)

両親は千津の成長過程を思い出していた。


その頃、昭大も仕事の合間をぬって、翔一伯父さんの元を訪れていた。いまだもって昭大のむこんちのお父さん、お母さんだ。

「昭大、よく来たね。結婚式の日取りは決めたか?」

「はい。それで今日はお願いがあって伺いました」

むこんちのお父さん、お母さんは、我がことのように喜び、歓声を上げた。居間に通された昭大は、改めて二人の前に正座して深々と頭を下げた。

「いろいろとお世話になりましたが、昭大は決めました。今日伺ったのはその婚礼の式についてです。わたしはむこんちのお父さん、お母さんと同じで、亡くなった父や母を今でも思い出しています。それで父や母に安心してもらうためにも、父や母のそしてわたしにも深い因縁というか、関わりのある鎮守様で挙式をしたいと思っています。千津さんのご両親にも、誠意をもってお話をして了解を得ようと思います。それで、お父さんにお願いなのですが、鎮守様の宮司さんに挙式をお願いしていただけますか？」

翔一夫妻は黙って聞いていたが、

「昭大、偉い。わたしも賛成だ。すぐにでも鎮守様に行ってお願いしよう。宮司さんも喜ぶよ」

「式にはどなたが参加するの？」

翔一の妻ふじが心配そうに聞いてきた。

「はい、千津さんのご両親と翔一伯父さんとふじ伯母さんです。勿論、わたしの後ろには父母がいます。そこで静かに挙式をしたいのです」

翔一伯父さんと昭大はすぐに鎮守様に出かけた。普段は膝が悪いといって、階段の上り下りをあまりしない翔一伯父も、頑張って石段を上りきった。境内に出て息を整え、宮司の住む社務所へ向かった。

秋も盛りを迎え、鎮守様の森は紅葉の赤、公孫樹の黄色そして緑豊かな杉や松と色彩豊かである。鳥たちの声も華やかに聞こえている。

翔一伯父と昭大が社務所で声を掛けると、巫女さんが出てきた。翔一の顔を見ると、すぐに宮司さんを呼んだ。

「市村さん、お出でなさいませ。何か急なご用事でもありましたら、お電話でもくだされぱわたしの方からお伺いしましたのに――」

宮司はどんな用事で市村さんが来たのだろうと、来年に春の祭礼を控えていたので、不安を感じた。

「突然伺いまして――。実はここにおりますのは、わたしの甥の市村昭大と言います。子どもの頃は悪餓鬼で、宮司さんにもご迷惑をお掛けしていたのではないかと思います」

「市村昭大さん、ああ、思い出しました。随分ご立派になられて、街の中で会ったら気付かなかったかも知れません」

「市村昭大です。子どもの頃は随分とご迷惑をお掛けいたしました」

昭大は、宮司さんに見つめられて、少し恥ずかしくなった。

「ここではなんですから、中にお入りください」

翔一と昭大は巫女さんに案内されて、社務所の中に入った。巫女さんはお茶を入れて持ってきた。

「それで、今日はどんなご用事でしょうか?」

翔一は改まって申し出た。

「今までもあったと思いますが、ここの社で昭大の結婚式を挙げていただけないかと、お願いに参りました。参列者も親代わりのわたしたち夫婦と、花嫁の両親の四人。勿論、わたしの後ろには昭大の父と母がおりますが――」

「はい、喜んで挙式をさせていただきます」

宮司も翔一から、省吾と芳子のことは聞いていたらしく、すぐに了承してくれた。今までの緊張が解けた昭大は、少しリラックスしたのか、

「宮司さん、わたしは最近、鎮守様に千津さんを連れてきました。実は伯父さんにも詳しいことは話してないのですが、父の遺品を見て少し確かめたいことがあったものですから

――」

「昭大、それで解決したのかい？」

「伯父さんには後で詳しくお話ししますが、父のたった一つの遺品として大切にしていきます」

「その遺品と、この鎮守様に関わりがあるのですか？」

宮司は不思議そうな顔をした。

「このことは後で詳しくお話をします。今日のところはここで止めておきます」

昭大は余計なことを言ってしまったと後悔をした。

「細かな打ち合わせは、花嫁の家族にもいろいろ聞いてからにいたします」

翔一伯父も昭大の言っていたことが気になったが、今日のところはこのままにしておこう、きっと昭大のことだから詳しい話を後でしてくれるだろう。

その後、翔一伯父と宮司は取り留めのない話で盛り上がり、楽しい一時を過ごした。

昭大は鎮守様を辞して、翔一伯父を家まで送って、千津の家に寄った。千津の父親は用事で外出していたが、母親が迎えてくれた。千津は部屋で絵を描いているという。

「さあ、どうぞお上がりください。まもなく主人も帰ってきますので――。千津、市村さんよ」

と奥に声を掛けた。

「はあい」

と、千津はすぐに出てきた。制作に行き詰っていたのか、渋い顔をして昭大を迎えた。居間に通されてすぐにコーヒーが出てきた。昭大はそれをいただき、一息ついたところで改めて話し出した。

「今日、鎮守様に行ってきました。正式にはお話をしていないのですが……」

その時、「ただいま」という声がした。

「あ、ちょうどよかったわ。主人が帰ってきた」

居間に入ってきた千津の父親は、昭大を見ると慌てて挨拶をした。

「いらっしゃい。千津から聞いていましたので、いついらっしゃるかと心待ちにしていましたよ」

父親は昭大の前に座り、昭大からどんな話が出るのかを心待ちにしていた。

「千津さんから内々にはお話を聞いていたと思いますが、わたしたちの結婚式を、わたしの生まれ故郷の鎮守様で挙式したいのです。それで今日、宮司さんにお話をしてきました」

千津も千津の両親も、昭大の話をじっくり聞いた。

「お父様、お母様に許していただければ、具体的に話を進めていこうと思っています」

父親と母親はお互いに頷き合い、また千津に向かい、

「千津、どうする？　わたしたちはお前の意志を尊重するよ。それが幸福の第一歩であるならば――」

千津は静かに昭大の話を聞いていた。

「はい、わたしも昭大さんの考えに添っていきます」

これで内田家の了解を得た。

「お義母さん、お手数ではございますが、宮司さんとお話をしていただきたいのです。千津さんの花嫁衣裳など、女性の準備について、わたしにはわからないので。わたしの父親代わりの翔一伯父も、会ってお話ししたいと言っていました。自分のことばかり言って申し訳ありません」

「ええ、勿論、いつでも伺いますよ」

「ああ、これで千津もお嫁さんか、幸せになれよ」

少し涙ぐんだ千津の父親に、昭大と千津はぐっと胸に来るものを感じた。

「さあ、お話は済んだのでしょう。今夜は盛大な夕食にしましょうか。千津、手伝って。腕によりをかけて美味しいものを作りますからね」

昭大はこんな家族、家庭に秘かに憧れていたのかも知れない。

内村の父母と千津、妹の由子に昭大と五人の楽しい夕食が始まった。昭大は母親の味を堪能した。食後のデザートが出て、みんなが寛いだ時、

「千津、わたしには『追憶』と言われるものがないと、先日言っていたね。『追憶』なんてものは誰にでもあるものだよ」

父親は後ろの引き出しから、アルバムを出してきて座卓に広げた。

「まあ、久しぶりに千津の子どもの頃の写真を見た。懐かしい。千津、見てごらん。市村さんも見てください。可愛いでしょう。この子がお嫁さんになるのですよ」

母親はもう涙ぐんでいる。

「由子の写真もあるでしょう?」

置いてきぼりにされないように、由子が口をはさんできた。

「千津、この写真を見て何も思わないかい?」

父親が千津に聞いた。千津には皆懐かしい写真である。

「そうなの。これが『追憶』というものなのね」

「そうだよ。人それぞれの環境や立場から、みんな違った『追憶』というものがあるのだよ。楽しい『追憶』、悲しい『追憶』と、いろいろとね」

千津にはどんな『追憶』があるのか後で聞いてみよう、と昭大は興味を持った。


楽しい一時を過ごした昭大は、遅くならないうちにと内田家から帰ってきた。まず、鎮守様で挙式することを両親に伝えた。線香の煙がまっすぐに上に上っていった。これは両親が納得したという証だと昭大は思っている。今夜は父や母に起こされることなく、ぐっすりと眠れるだろう。

*

昭大は助手から講師に昇格をした。学生への講義も数が増えて、好きな「植物を探る会」の開催が大変になってきた。今日はその「植物を探る会」の資料を集めに外へ出てきた。

「千津さん、この辺に空き地がありますか?」

資料集めに千津に応援を頼んだのだ。

「そうね。東武線に沿って少し行けば、畑があります」

「そこへ行ってみよう」

「尚子さんの所の方が、まだ田や畑がありますよ」

「千津さん。その空き地や畑で、どんな植物を見ますか？」

「そうね、注意して見るといろいろな雑草が生えていますね」

「その雑草にも、ちゃんと名前があるのです。今度の〈植物を探る会〉で、その名も知らない草を知ってもらおうと思っているのです」

「そうなの……それでこれからどうするの？」

昭大は手に持っていたカメラを上に上げた。

「その草を写真に撮って、大学に帰って図鑑とにらめっこをします」

「大変なお仕事ですね。体に気を付けてください」

こんな点でも昭大の粘り強さを、千津は感じて一層の信頼を持った。

空き地に来た昭大と千津は、高く伸びた草の中に入って写真を撮った。時には私有地のため、所有者に許しを受けなくてはならないこともあった。何枚の写真を撮ったのか、こんなにもいろいろな野の草が、雑草とは言わない草があるのか、千津は今まで関心のなかったのが不思議だった。

「植物を探る会」が前回と同じように、野外ではなく新宿の公会堂の一室を借りて行われた。今回の開催日は日曜日ではないのに、二十人ほどの人が集まった。

「今日もたくさん写真をお見せします。途中で知っている草がありましたら、草の名前を言ってください。ここに写っている草は雑草ではありません」

画面に写真が映った。

「これ、何だかわかりますか?」

「ヨモギかしら? モチグサとも言いますよね」

「そうです。空き地や道端に生えている草で、葉の裏に白い毛が生えています。春には枯れ草の間から若葉が見えるので、よく萌え出る草ということでヨモギという説があります。草もちにしますね」

画面は次に移った。

「この草は北アメリカ原産で、明治時代に観賞用として日本に入ってきました」

「よく見る草ね」

「そう、黄色い花が目立つのよね」

「子どもが手折ってくるよ」

「名前は何と言いますか？　――名前まではわからない、そうですか。名前を言いますと、皆さん、ああそうだと言いますよ。これはセイタカアワダチソウです。ベトナム草の名もあります」

次々に映し出された写真を見て、参加者は自分たちの知らない草が結構あることを知らされた。

・ノゲイトウ
・エノキグサ
・イヌホオズキ
・キツネノマゴ
・ブタクサ
・カラスムギ
・カラスウリ

・トキワハゼ

数多くの野の草が映し出された。参加した人々はこんなにも自分の身の回りにある草が、懸命に繁殖をしていることに、驚きと感激を持った。

今日の「植物を探る会」も自然の営みを知り、自然を大切にしようとする、よい機会になればと思った。

昭大はひとまず自分の分担する会が、千津の協力もあってよい会であったことを千津に伝えた。

「千津さん、ありがとう。野の草を皆さんに少しでもわかっていただけたようです」

「昭大さん、よかったですね。尚子さんから聞きました。これからもお手伝いをさせていただきます」

昭大は千津が一緒に喜んでくれているのがわかり、大変に嬉しかった。

昭大は大学に帰り、花田に結果を伝えた。花田も昭大の努力を賞賛してくれた。

「先生のお陰です。ありがとうございました。改めてお願いをいたさねばならないことですが……先生、結婚の媒酌人をお願いしたいのですが――」

「結婚？　誰のだね？」

花田はうすうす知っていたが、意地悪をして聞いてみた。

「わたしのです。わたしと千津の結婚です。お願いします」

昭大は深々と頭を下げた。

「やっと結婚に踏み切ったか。相手は……」

「はい、内田千津さんです。中学校で美術の教師をしています。〈植物を探る会〉にも参加していました。先生も顔を見ればおわかりと思います」

「で、式場はどこかね？」

「はい。わたしが生まれた街で式を挙げさせてもらいます。どうしても鎮守様で、結婚式を挙げたいのです。千津のご両親にも賛成していただきました」

「ふむ、何か特別の思い入れがあるようだな。おいおい聞かせてもらうか。家に帰って家内にも相談してからだ」

昭大の結婚の準備はだんだんに整っていった。

千津にしても心の準備を絵画の仕上がりに願いを込めて取り組んでいった。

十一　結婚式

まだ寒さの残る三月初めの出勤の朝、昭大は裸木の梢を見上げた。芽吹きの見えない桜や公孫樹の梢が、白く煙ったように見えてくる。このようになると春が来たなと思う。そして一週間も経たないうちに芽吹きが見られてくる。

千津の部屋から見下ろす街路樹の並木も、今までの寒々とした裸木が、ふっくらと丸みを帯びたように見えてくる。そして南の方からの「桜だより」が聞かれる頃になると、公孫樹の薄緑と桜の蕾のほんのりとピンクがかった霞が、梢を覆ってくる。千津はなんとなく心がうきうきとした。春がそこまで来ているのだ。

四月になると、いつの間にか公孫樹の葉も開き、桜の開花で、千津の部屋から見える街路樹の通りは、五百メートルにもわたって、ピンクの河の流れが現れた。

昭大と千津の結婚式の日も近づいてきた。昭大と千津の結婚を自然が応援してくれているのかも知れない。

＊

昭大と千津の挙式は学校の仕事があるので、四月初めの吉日を選んで行われた。

鎮守様の森には笙の音が流れ、朝から荘厳な雰囲気が漂っていた。文金島田に振袖姿の千津と、羽織袴の昭大が宮司に先導されて、鎮守様の前に静々と進んだ。鎮守様の前には翔一伯父さんとふじ伯母さん、そして膝元には昭大の両親の遺影があった。反対側には千津の両親が控えていた。宮司が祝詞を読み上げ、巫女さんからの神酒で三々九度も作法通り行い、指輪の交換も行われて、鎮守様に見守られながら、昭大と千津は夫婦になった。むこんちのお父さん、お母さん、そして千津の両親も感激の涙を流し、喜んでくれた。翔一とふじに抱かれた省吾と芳子の遺影も微かに微笑んでいるようだ。

宮司さんからお祝いの言葉が贈られた。

「おめでとうございます。お二人の末永い幸運をお祈りいたします。きっと天に召された昭大さんのご両親も、大変にお喜びと思います。お二人に特別言うことはありませんが、普段大切にしているものでも、時には壊れることもあります。ですから、壊れるものだという思いがあれば、普段から大事に扱わなければなりません。壊れるから大事なのです。

これが夫婦の間柄の『いつくしみ』というのでしょう」

鎮守様に参拝に来ていた人たちにも祝福されて、千津は振袖のまま、四国の金比羅様の石段のように駕篭に乗って、下の石の鳥居まで下りてきた。そして用意されていた車で、翔一伯父さんの家にまで帰ってきた。

市村家では弟夫婦の直次、尚子をはじめ、父の友人幸彦、亡き父の甥市原一輝も見えていた。亡き父母の友人や知人がお祝いに来てくれた。お祝いの言葉や激励を受けて、昭大、千津の夫婦は返礼もあたふたとしてしまった。

「昭大くん、ちょっといいですか？」

と市村一輝が昭大に耳打ちをした。昭大は千津に目で合図をして、一輝を別な部屋に伴った。

「なんですか？」

「まずはおめでとう」

「ありがとうございます」

一輝は少し声を潜めて、昭大の耳元で言った。

「お父さんの、省吾叔父さんの友人だという、寺沢幸彦さんと先日道で会った時に、変なことを言われたものだから——。きみから直接聞いた方がはっきりすると思ってね」

「どんな話ですか？　今日でなければ駄目ですか？」

「亡くなられた芳子叔母さんのことで……」

そこへ翔一伯父が来て、

「昭大、何をやっているのだ。お前たちのためにお出でくださった人を待たせるものではないよ」

「はい、そうですね。一輝さん、後でお話をしましょうか」

翔一伯父と昭大は、花嫁たちのいる部屋に戻って行った。

お祝いに集まった人たちが引き揚げていった後、千津は文金島田や締め付けられていた着物から解放された。

「昭大くん、どうしても話したいので……いいかな？」

「千津の両親がお帰りになったら、少し時間があります」

「お義父さん、お義母さん、今日はありがとうございました。この後、片付けなどあってお送りできませんが、気を付けてお帰りください」

「わかったよ。落ち着いたら、また来ておくれ。夕食の用意をして待っているよ」

千津の両親は名残惜しそうに、千津に何か言って手を握った。

「さあ、わたしたちはこれで帰ります」

きっと、後ろ髪を引かれる思いというものなのかも知れない。昭大は千津と一緒に家の外まで見送った。千津の両親は北千住に帰って行った。

その時に一輝から話があると言われたことを千津に話した。

「たぶん、寺沢さんから聞いたということは、亡くなった母が東京のわたしの元に来る時に何かあったのではないかな。寺沢さんがそれを勘ぐっているのではないかと思うのだ」

「あのお義父様の遺品のことかしら？」

「それと関係があるのかも知れない。わたしはもう忘れていたのに……。でも聞くだけはきちんと聞いておこうと思う」

「そうですね。それで甥の一輝さんも気が済めばいいことですよね」

一輝は翔一伯父と雑談をしながら昭大を待っていた。昭大は二人だけで話をしようと思ったが、翔一伯父にも聞いていただいた方が、後々すっきりとするかも知れないと思った。それで一輝に聞いた。

「伯父さんに同席してもらってもいいですか？」

一輝は内緒で話をするつもりだったようで、少し躊躇したが、

「秘密のことではないので、いいですよ。聞いてもらえれば、わたしもすっきりとしますね」

昭大は翔一伯父さんに理由を話して、居間ではなく、伯父の部屋に入った。

「ふじ、お茶はいいから暫く部屋に来ないでくれ」

翔一伯父、昭大、一輝の三人は畏まることもなく、自然な調子で話題に入った。

「先ず、芳子叔母さんが昭大くんの元に行ったのは……もしかすると、わたしの早合点かも知れないのですが……」

翔一伯父が「ふむ」と頷き、

「そうだよ、わたしも知らなかった。急に芳子さんから『明日東京に行きます』と言われて、何も聞いていないことなのでびっくりしてしまった」

「そのことなのですが……あの頃、いつも早起きの芳子叔母さんが、何時になっても店を開けないという近所の人からの知らせで駆けつけてみたら、『寝坊をしてしまい今起きました』と店の戸を開けていました」

「月に一度は母の元に行っていたのに、わたしは全然気が付きませんでした」

「そんなことが何回か続いて、近所の人の噂で認知症になったのではないかと、近所に住んでいるわたしには心配なことでした。親子で過ごせば、元の芳子叔母さんに戻ってくれるだろうという、わたしの願いでした」

「それで急に芳子さんを、昭大の元に送ったのか。わたしにでも相談してくれたら、少しはいい知恵があったかも知れないのに……」

「そうですね。大変焦ってしまい……」

「そのことは本当にありがとうございました。母と過ごした何年か親孝行ができたと思っております」

「それで何が昭大に言いたいのだね。お目出度い、この日に——」

「はい。寺沢さんから、芳子叔母さんの引越しを手伝った時、荷物の整理で、いくつものダンボールを塵として出した時に、省吾叔父さんの遺品を、塵として出してしまったのではないかというのです。わたしは中に何が入っているかを見るなど、そんな失礼なことはしません。ただ早く叔母さんを、昭大くんの元に送ってあげようという一心でした。……それで、あの中に大切なものが入っていたのですか？」

「これは仮説なのですが、わたしの元に父が創作した短歌が一編残されたのです。父の友人である寺沢さんは、それは父の創作した四季の吟行の一つで、四季の俳句を見たことがあるというのです。わたしの元にあるのは、『春』を詠んだ一編です。夏秋冬を詠んだものがあるはずだ。きっとダンボールに入ったまま、塵として出されてしまっただろうと、寺沢さんは父の作品を思って考えているのです。それで一輝さんが何か気が付かれたのではないかと……父を思うばかりに言い過ぎていましたら、申し訳ありません」

「どうなのだ。何かあったのか？」

「わかりません。もしその中に入っていましたら、申し訳ないことをいたしました」

一輝は深々と頭を下げた。

「いいではないか、煙になって空へ上っていったのだ。きっと空で省吾の手に届いているよ」

翔一伯父はこれで、昭大の結婚式で、だんだんに疎遠になりつつある、親戚同士の絆が強まることを願った。

「おおい、終わったよ」

ふじ伯母が襖を開けて入ってきた。

「男三人で、何を相談していたのよ」

「今まで、省吾の遺品でたいしたものは残っていないと思っていたが、素晴らしいものが残っていたぞ」

今まで静かだった居間の方から、賑やかに笑い声が聞こえてきた。

「おやおや、急に賑やかになったこと。今まで遠慮していたのよ。さあ、お婿さん、お嫁さんが待っていますよ」

三人は居間に戻った。翔一の息子夫婦、一輝の妻、直次と尚子とそれぞれの子どもたちが集まっていた。

「夕飯の支度をしましょうか。花婿、花嫁さんには、早く家に帰ってゆっくり休んでもらいましょう」

ふじが先頭になって、食事の用意が始まった。

「今日はお祝いだから、たくさんおあがりなさい」

大勢の夕食は賑やかで、子どもたちも好き嫌いを言わないで、満腹感を味わった。

昭大と千津は大勢の身内に送られて帰路についた。

「昭大さん、わたし、疲れた。早く家に帰りましょう」

「そうだね、わたしもなんだか疲れたよ。千津さん、お義父さんもお義母さんもいろいろ心配されていたから、電話だけはしてください」

「そうね、連絡だけはしておかないと――。……お母さん、わたし、大変疲れてしまって……。ええ、今度の土曜日に行きます」

「お義母さん、心配していたでしょう」

「うん、でも土曜日楽しみにしているって」


今まで一人住まいで殺風景な昭大の家も、千津の荷物が運び込まれて、家族のいる家に変わっていた。

「ただいま」と普段声を掛けても返ってくることは何もなかった。初めは寂しかったが、だんだんに慣れてこんなものかと思うようになっていた。昭大は今夜も「ただいま」と声を掛けた。

「お帰りなさい」

千津の声が聞こえた。

「いつもいつもというわけにはいかないかも知れませんが、わたしが早く帰ってきた時にはね」

明かりをつけてみると、家の中は今までに比べ、昭大には随分と明るく感じる。やはり家族というものは人の集まりだけではなく、この温もりが大切なのだと、今まで忘れていたことを思い出した。子どもの頃、母と弟の三人で暮らしていた頃が思い出される。

「昭大さん、結婚式は滞りなく終わりましたが、友人や知人に披露する式はどうするの」

「それはもう手配済みだよ。弟の直次がいろいろと奔走してくれたよ。五月の連休の七日の大安吉日に決まっているよ。桜の満開の下で結婚の披露宴をする」

「どこでするの」

「上野の山、公園近くのホテルで――。媒酌は花田先生夫妻にお願いした。快く引き受けてくれました。司会進行は中村くんが引き受けてくれた。どんな司会をするかちょっと心配なところもあるのだけれどね」

「招待状を書かなくては――。明日から忙しくなるわ」

「学校も始まるしね。頑張りすぎて体を壊さないようにしようね。招待状、直次が手配してくれていた。宛名を書くのが大変だよ」

今夜、お母さんは現れないだろう。そんな野暮なお母さんではない。きっとお父さんと一緒に空で、二人を見守っていてくれるだろう。

＊

ホテルでの披露宴に、千津は白いウェディングドレスで会場入りをした。花田夫妻に先導され会場に入ると、会場中に拍手の波が広がった。千津の妹由子が紅い薔薇の花束を、千津にささげた。これにも大きい拍手が起こった。

司会者の中村が、

「皆さん、正面をご覧ください。先日行われた昭大さんと千津さんの結婚式の様子です。鎮守様で荘厳に行われました。今日の白い衣装と違って、文金島田に振袖姿です。どちらも綺麗ですね」

披露の宴は和やかに行われた。花田からも挨拶の中に、

「市村くんの熱心な研究姿勢は、わたしたち研究室でも賞賛され、見習おうという若い研究生が増えてきました。とてもよい傾向です。わたしも後ろから追い上げていられるよう

です。この姿勢が千津さんという、美しい伴侶を得たのではないでしょうか」

これにも盛大な拍手が起きた。花婿、花嫁は顔を赤らめて顔を見合わせた。

最後の両親への感謝には、千津の両親と昭大の遺影の両親が千津から感謝の言葉を受け、大きなピンクの薔薇の花が贈られた。盛大な拍手で会場内が揺れるほどだった。

昭大は思った。今夜はきっと父と母が夜中に現れるだろう、と——。

エピローグ

桜の花も花吹雪となって前方がピンクの霞に煙る頃から、入れ替わるように新緑が広がっていった。鎮守様の森も新緑の頃は森が燃え立つようで、活気に満ち溢れた。昭大はこの頃の森や山を歩くのが好きで、今度は千津と連れ立って散策をしようと思っている。

(太陽の光線を浴びた楓の葉が、いろいろな緑に輝いているのを千津にも見せたい)

結婚式、披露宴と、人生の重大行事を終えた昭大と千津は、新学期を迎え、気分も新たに学生、生徒の前に立った。同僚から出勤最初の日、「おめでとう」と声を掛けられた。千津は少し恥ずかしかったが、お祝いの言葉を素直に受け取った。親しくしている同僚から、

「内田さん、あっ、違ったかしら、市村さんと呼ばなくてはね」

「まだいいの、生徒の前では内田です。近いうちに改姓をするわ」

「千津さん、新婚旅行、決まった？　どこへ行くの？」

「まだ決めてないの。どこがいいかな、昭大さんと相談しているのよ」

「あ、お婿さんの名前、昭大さんというのね」

「昭大さんも学校勤めでしょう。で、朝が大変なの。遅刻しそうになるのよ」

「頑張ってね。遅刻は駄目ですよ」

学校に、こんな会話ができる友だちがいるのは、千津にとって気を紛らわせることができるひと時であった。

「内田先生、思い出にするといって描き始めた絵、でき上がったの？　展覧会に出品するのでしょう」

千津の描いていた絵は、北千住に両親と住んでいた家から見える街の風景を、自分に残そうと描きだしたのだ。今考えると、これが「追憶」となるのだろうか。暫く絵筆を持たないでいたが、学校の生活も落ち着いてきたこの頃、最後の仕上げをしようと思い立った。日曜日、朝から絵に取り組んでいる千津を見て、昭大も自然と今度の「植物を探る会」について、どんな方向に進めたらいいかについて考えを巡らせた。

「昭大さん、わたしたちの新婚旅行どこに行くか決めた？」

千津は今までと同じように「昭大さん」と呼んでいる。また昭大も「千津さん」と呼んだ。

学校が始まって忙しかったものだから、すっかり忘れていた昭大は、国内か外国かを考えてみた。千津はどちらを選ぶだろうか。

「海外旅行にするのだったら、急いで探さないと夏には行けないよ」

「わたし、オーストリアに行きたい。ウィーンの街を歩いてみたい。どうしてもわたしたちは夏になるのよね」

「春のウィーンはいいだろうな。植物も鳥たちも――。きっと植物を眺め、鳥たちの声を聞いていると、自然と優しい心が湧いてくるのだろう。わたしの勉強している植物学も、もっと大勢の人たちにわかってもらえるよう、研鑽、啓蒙をしていかなくては――」

「もしウィーンに行けたら、楽しみましょうよ。でも、昭大さんは研究のことを思い出してしまうのでしょうね」

「千津さんはウィーンに行って、何を見てくるの？」

「芸術の都。音楽、絵画、聴いて観て楽しみたい」

「そうだね、ただ行くのではなく、目的を持って行くと、楽しさが何倍にもなって還ってくるよ」

「昭大さんは自然の植物を観ることでしょう」

こんな会話を重ねて、二人はオーストリアからドイツへ行こうと決めた。ただ、個人旅行はいろいろの面で大変なので、ツアーで行くことにした。

季節は夏になった。街の公孫樹並木もすっかり緑が濃くなり、木陰が恋しくなってきた。

昭大と千津は学生や子どもたちの夏休みの間、オーストリアとドイツへ出かけた。

「ウィーンの街も素晴らしいけれど、千津さんはライン川を知っているかい？」

「あっ、そう、ライン川はドイツの中を流れているのよね。ローレライ、ライン川にはローレライの岩があるのよね。これも楽しみだわ」

いろいろな期待を持って、二人は新婚旅行に出かけて行った。


昭大は旅行に出かける前の夜、暫くぶりに母に起こされた。隣にいる千津からはすやすやと寝息が聞こえる。

「母さん、何かあるの？　明日から千津とオーストリアとドイツへ行ってくるよ。明日の朝、父さんや母さんに知らせようと思っていた。遅くなってごめん」

隣の部屋で「ことり」と音がしたので、昭大は千津を起こさないように起き上がり、隣の部屋に行った。

「父さん、母さん、明日の旅行もいい旅にしようと思っています。そして千津と共にいい思い出を作ろうと思います」

昭大は暫く父母の遺影を見つめた。それから静かに寝床に戻った。

眠りがくるまでの短い時間、「追憶」ということを考えてみた。

（なぜ、ここで『追憶』などということが出てきたのだろう。『追憶』とは後悔する、懺悔することも含まれているのだろうか。後悔、懺悔ということは、今の自分の生き方そのものに直結することなのだろうか。道徳的な意味で日常を反省して、常に新しい気持ちで、わたしたちの社会をどう生きていくのが正しいのかということなのかも知れない。それで今までのことを『追憶』させるのか。それで父母は自分を起こしに来るのか）

少し考え過ぎたようだが、千津に起こされるまでぐっすりと寝た。

＊

近くの公園の木々が少しずつ黄色く色づき始めた。空も明るくすんで秋が近づいてきた。野山に出かけるのによい季節になってきた。

昭大は次の「植物を探る会」はどんなテーマにしようか考えた。まず頭に浮かんだのは、植物の特性だった。花田に助言をいただいて、「薬効のある植物」を探そうという企画を立てた。昭大の講師という腕の見せ所だ。植物についてはまだまだ奥が深く、会員と共に自分も勉強していかなくてはと奮い立った。

千津の方も、絵を仕上げたことで自信がついたらしく、学校と家事を手際よくこなし、弟夫婦の応援もあって明るい家庭が築けそうである。

故郷の鎮守様には、千津と一緒にお礼に行ってこよう。その頃には鎮守様の森も紅葉が進み、紅黄緑と色彩豊かで、千津は絵に描きたいと言うだろう。また、翔一伯父さん、ふじ伯母さんも、首を長くして待っているだろう。宮司さんにもお礼を言わなくては――。

昭大の日々は充実したものとなった。

著者プロフィール

竹川 新樹（たけかわ あらき）

栃木県生まれ。

東京都での教職を定年退職。

現在は、音楽会へ行ったり、絵を描いたり、海外旅行に出かけたり、趣味を楽しんでいる。

既刊書に『銀閣寺の女』（2003年『愛する人へ3』に収録）『その花は、その花のように』（2013年 文芸社）『家族の詩（うた）』（2014年 文芸社）『夢に導かれ』（2015年 文芸社）『ランドセルの秘密』（2016年 文芸社）『わたしのドン・キホーテ』（2017年 文芸社）『百の幸せを追いかけて』（2018年 文芸社）がある。

鎮守様の森で

2018年10月15日 初版第1刷発行

著 者 竹川 新樹
発行者 瓜谷 綱延
発行所 株式会社文芸社
〒160-0022 東京都新宿区新宿1－10－1
電話 03-5369-3060（代表）
03-5369-2299（販売）

印刷所 株式会社エーヴィスシステムズ

ISBN978-4-286-19442-4